D1876655

Otto de Kat

Julia

Roman

Aus dem Niederländischen
von Andreas Ecke

Insel Verlag

Die Originalausgabe *Julia* erschien 2008 im Verlag
Uitgeverij G. A. van Oorschot, Amsterdam

© 2008 Otto de Kat
© der deutschen Ausgabe Insel Verlag Berlin 2010.
Alle Rechte vorbehalten, insbesondere das des öffentlichen Vortrags sowie der Übertragung durch Rundfunk und Fernsehen, auch einzelner Teile. Kein Teil des Werks darf in irgendeiner Form (durch Fotografie, Mikrofilm oder andere Verfahren) ohne schriftliche Genehmigung des Verlages reproduziert oder unter Verwendung elektronischer Systeme verarbeitet, vervielfältigt oder verbreitet werden.
Druck: Pustet, Regensburg
Printed in Germany
Erste Auflage 2010
ISBN 978-3-458-17465-3

1 2 3 4 5 6 – 15 14 13 12 11 10

Julia

Meiner Mutter gewidmet

1

Sonntags hatte er frei, wie montags. Obwohl, frei, natürlich war er jederzeit abrufbar, aber wenn es eben ging, kam er an den beiden Tagen nicht. An diesem Sonntagnachmittag war er doch gekommen, um den Wagen nachzusehen, der Motor stotterte. Unbestimmter Argwohn, als er Herrn Dudok nicht wie gewohnt am Schreibtisch sitzen sah. Der stille Garten, eine nicht geschlossene Terrassentür, der Liegestuhl, daneben ein Plaid, achtlos fallen gelassen. Der Weiher am Ende des Rasens war voller Teichrosen. Libellen schwebten darüber, vibrierend. Alles ganz normal, wie es schien, ein warmer Sommertag im August, nur das Läuten am Bahnübergang war zu hören, weiter weg das Geräusch von Autoreifen auf Asphalt.

Er ging um *De Venhorst* herum, wie Dudok sein Haus genannt hatte, schaute zum Balkon hinauf, um zu sehen, ob er vielleicht dort saß. Betrat dann die Garage, um den alten Wolseley zu untersuchen. Geistesabwesend öffnete er die Haube des dunkelgrünen Wagens, zögerte. Die Sache gefiel ihm nicht, irgend etwas war anders als sonst, irgend etwas stimmte nicht. Erst kurz Bescheid sagen, daß er da war. Er ignorierte die offene Terrassentür, nahm seinen Schlüssel und betrat das Haus durch den Vordereingang.

Niemand zu hören. Er horchte, wartete auf die Stimme, die »van Dijk« rufen würde. Nichts.

Die Küche sah auf den ersten Blick so aus, wie er sie zurückgelassen hatte, alles an seinem Platz, die Spülmaschine leer, die Klappe nicht ganz geschlossen. Aber ein Geschirrschrank stand offen. Ein kleiner Topf auf dem Herd. Und Löffel lagen auf der Anrichte. Er wußte, daß Dudok nicht öfter als nötig in die Küche kam, »Ihr Ressort, van Dijk«. Dudoks Mittagessen, zwei Butterbrote mit Käse unter einem Glassturz, stellte er wochentags im Eßzimmer bereit, Tee in einer Thermoskanne auf dem Tisch.

»Herr Dudok«, rief er vorsichtig.

»Herr Dudok«, etwas lauter. Wieder packte ihn Argwohn, diesmal noch stärker. Ein Gefühl der Bedrohung, das er schon seit Jahren kannte, eine bohrende Angst. Christiaan Dudok, der Mann, den van Dijk bediente und fuhr, für den er Butler war und Chauffeur und Mädchen für alles. Christiaan Dudok, zweiundsiebzig Jahre alt, antwortete nicht auf das Rufen seines Namens.

Er fand ihn oben, im Studierzimmer, ein paar Schritte vom Schreibtisch entfernt. Seine Hand lag auf der Schwelle, die Tür stand halb offen. Weiß und kalt war er, mitten im Sommer.

Van Dijk knurrte. Legte die Hand an Dudoks Hals, sah auf dem Schreibtisch ein Schälchen mit einem Rest Haferbrei, einen Silberlöffel daneben. Eine Tablettenschachtel von unbestimmter Farbe, mit einem unbekannten Apothekenetikett. Standesgemäßer Selbstmord. Konnte nicht anders sein, er hatte nicht den geringsten Zweifel, daß Herr Dudok sich das Leben genommen hatte, alles deutete darauf hin. Haferbrei, er hatte einmal gelesen, daß Leute Tabletten darin zerdrückten, um sie besser schlucken zu können. Der tadellose dunkelgraue Anzug von *Spalton und Maas, tailors*, der unterste Westenknopf geöffnet, die Uhr mit Kette, wo sie hingehörte – mit einem Blick sah man, daß hier ein Herr lag, den der Tod noch kaum in seiner Gewalt hatte. Die schwarzen, blanken Schuhe glänzten in dem Streifen Sonnenlicht auf seinen Beinen.

Van Dijk begann zu zittern, vor Schreck vielleicht, aber vor allem vor Abscheu. Dieser verfluchte Dudok. Da lag sein so überaus korrekter, reservierter Chef in einer für seine Verhältnisse einladenden Pose. Die Arme ausgebreitet, ein Bein angewinkelt unter dem anderen, die Hände geöffnet, den Kopf zur Seite geneigt.

Dies war ganz und gar nicht sein Ressort.

Mit drei Schritten war er am Telefon, wählte die Nummer des Hausarztes. Während er die Freizeichen zählte, glitt sein Blick über den Schreibtisch, auf dem nicht die gewohnte Ordnung herrschte. Dudok hatte in Büchern gelesen, schien etwas gesucht zu haben. Mit knappen Worten verständigte van Dijk den Arzt, der sofort zu kommen versprach. Die Bücher waren ungeduldig aufgestapelt worden, manche geöffnet, auf einigen Seiten sah er Anstreichungen am Rand. Und eine alte, vergilbte Zeitung, die Buchstaben auf den ersten Blick nicht zu entziffern. Hier mußte Dudok gesessen haben, als er seinen Tablettenbrei aß. Ob es einen Abschiedsbrief gab? Er suchte kurz, fand nichts und schämte sich plötzlich seiner Neugier. Irrte er sich, war vielleicht einfach Dudoks Herz stehengeblieben? Er hockte sich neben ihn, hätte ihm gern das Jackett glattgezogen, die Krawatte geradegerückt, die ein bißchen schief saß. Eine Krawatte an einem warmen Sommertag, vornehmer ging es nicht. Ein einziges Mal hatte er Dudok dabei ertappt, daß er ein kurzärmeliges Oberhemd ohne Krawatte trug; der Gipfel der Ungezwungenheit. Aber an jenem Tag war das Wetter auch wirklich tropisch gewesen, »unzivilisiert warm«.

Nein, bestimmt nicht das Herz, das hier war Absicht. Dudok war gesund gewesen, das heißt bis auf den Kopf, wie sich nun zeigte. Van Dijk versuchte, eine plötzlich aufsteigende Wut zu unterdrücken, Wut, weil Dudok sich einfach so davongemacht hatte, ohne Vorwarnung, ohne Dank. Auf diese Weise zu sterben, das war kein Stil. Nicht der eines Gentleman wie Dudok, dachte er. Aber was wußte er schon, vielleicht war es doch sehr mutig und vornehm. Ihm selbst stand jedenfalls der Sinn nicht nach einem solchen Tod.

Es dauerte lange, bis der Arzt kam. Van Dijk wollte nicht die ganze Zeit bei Dudok bleiben und begann, hin und her zu wandern, in den Flur und zurück ins Arbeitszimmer, wobei er jedesmal einen großen Schritt über das ausgestreckte Bein machte. Einen Augenblick setzte er sich an den Schreibtisch, auf den zerbrechlichen Stuhl mit dem feinen Geflecht im Rücken und den schlanken Armlehnen. Er paßte kaum hinein, das Ding war für Stadtleute ohne Muskeln oder Bauch gemacht. Bücher, wohin man schaute in diesem Zimmer, Stapel auf Tischchen, in einer Ecke ein antikes Drehregal, die Wände um das große Fenster vollgepackt, zum Verrücktwerden. Viele graue, braune, dunkelrote, dunkelgrüne Einbände, schwarze Buchstaben auf den Rücken. Ter Braak, las er langsam, Vestdijk, Du Perron, Nijhoff, Marsman, ein Friedhof unbekannter Namen. Er nahm die Zeitung, eine alte, fast schon zerfallende Ausgabe mit Buchstaben, die er schlecht lesen konnte. *Lübecker General-Anzeiger*, entzifferte er schließlich, *2. April 1942*. Auf der Titelseite hatte irgend jemand ein paar Namen angestrichen.

Van Dijk hörte Schritte auf der Treppe, anscheinend hatte er die Haustür offengelassen. Rasch legte er die Zeitung zurück, hüstelte und begrüßte den Arzt.

»Gestern abend hab ich noch mit ihm gesprochen, Herr Doktor. Ungefähr um zwölf Uhr hab ich ihn am Veldweg abgesetzt, gleich hinter der Bahn, und heute nachmittag um vier hab ich ihn dann gefunden. Die Uhr unten im Flur schlug gerade, deshalb weiß ich es so genau.«

Der Hausarzt arbeitete im Schneckentempo, aber das war so üblich bei den Menschen in diesem Teil des Landes. Und recht hatte er, dachte van Dijk, bei dieser Hitze beeilte man sich besser nicht allzusehr. Das Ergebnis der Untersuchung lautete, nicht unerwartet: selbstverschuldeter Tod.

»Schmerzlos.«

Aber wieviel Schmerz war dem wohl vorangegangen, mußte er denken. Dudok mit seinem ebenso wehmütigen wie sarkastischen Blick war kein Mensch, der einem Impuls nachgab. Er mußte das lange vorbereitet haben.

»Hier, Vesparax. Diese Tabletten hat er mindestens ein paar Monate lang gesammelt. Kommen aus Belgien, hier sind sie nämlich verboten. Er muß genau Bescheid gewußt haben über ihre Wirkung und die nötigte Menge, fachkundig gemacht«, bemerkte der Arzt trocken.

Van Dijk war ratlos. Warum hatte Dudok nicht *einmal* den Mund aufgemacht bei einer ihrer langen Fahrten von der Fabrik nach Hause. Tausende Kilometer Schweigen über soviel Qual dicht unter der Oberfläche. Dudok, rechts im Fond, mit seiner ewigen Zeitung, Leselampe an, Zigarette im Anschlag. Alles in allem waren sie Monate auf der Straße gewesen, Tage und Nächte in ihrer fahrenden Behausung. Aber mal reden, reden über das, was einem die Kehle zuschnürt, was in einem tobt, was einen innerlich auffrißt, nein danke!

»Nein, danke, van Dijk, setzen Sie mich bitte hier ab. Ich möchte das letzte Stück gern zu Fuß gehen.«

Das war gestern abend gewesen, er hatte sich sehr gewundert, Dudok hätte sich sonst am liebsten bis in sein Zimmer fahren lassen – als wäre es unter seiner Würde, zu Fuß zu gehen. Das finstere letzte Stück, auf einem Sandweg an Maisfeldern vorbei. Im Weiterfahren hatte er von der engen Kurve aus Dudok noch einmal gesehen: Er hatte nur dagestanden und in den Himmel geschaut, der fast weiß war von Sternen. Seine Gestalt hatte sich kaum von dem Mais abgehoben, es wehte kein Wind, ein regloser Abend.

Er hatte den Wagen in die Garage gefahren und war nach Hause gegangen. Dudok hatte gesagt, daß er nicht warten sollte. Beim Aussteigen hatte er ihm einen kurzen Moment die Hand auf die Schulter gelegt, ganz leicht. Tat er sonst nie; wenn möglich, vermied er es, jemanden zu berühren.

»Noch wunderbar warm. Gute Nacht, van Dijk.«

Beim Schließen der Wagentür hatte van Dijk auf dem Rücksitz ein Büchlein liegen sehen.

»Ihr Terminkalender, Herr Dudok.«

»Egal, brauche ich nicht mehr, später.«

Der mußte also noch dort liegen, überlegte er und ließ den Arzt allein. In der Garage schloß er die Motorhaube und schaute durchs hintere Türfenster. Da lag der Kalender. Er steckte ihn ein, um einen Blick hineinzuwerfen, sobald der Arzt fort war. Diesmal ging er über die Terrasse ins Haus. Das Wohnzimmer: die Sessel, die Gemälde, der Flügel, die Lampenschirme, es kam ihm so vor, als wären sie schon mit Tüchern bedeckt, alles wirkte wie mit Binden umwickelt, unirdisch still, eingefroren. Bereit für Umzug und Verkauf. Er schlich durch den Raum, fühlte sich plump und schwerfällig zwischen den gesammelten Altertümern. Von oben hörte er den Arzt telefonieren. Ruhige Stimme, leise, als würde er auf etwas horchen, während er sprach. Alles mögliche mußte jetzt organisiert werden. Mit wem telefonierte er so lange, sollten sie nicht bald die Angehörigen verständigen?

»Die Polizei kommt sofort, ich muß noch zu einem Patienten, bleiben Sie hier?«

Natürlich tat er das. Er fragte, ob er den Bruder und die Schwester schon benachrichtigen dürfe. Nicht gleich, sagte der Arzt, erst müsse die Polizei dagewesen sein, anschließend könne er dann versuchen, die Verwandten zu erreichen.

Der Arzt fuhr weg, sein Wagen rasselte über den Kies. Van Dijk schaute ihm nach, schlenderte zum Rand des

Wassers. Ein schmaler Streifen Gras säumte den Weiher. Er war verwirrt, verstört, ließ Steinchen übers Wasser schnellen, zählte die Sprünge. Manche Steine sprangen weiter und weiter, gaben dann doch auf und waren verschwunden. Plötzlich warf er wütend eine Handvoll Kies in den Weiher. Dudok hatte sich aus dem Staub gemacht, und er, er durfte sich jetzt eine neue Stelle suchen. Alles hatte er für ihn getan, seine Sachen in die Reinigung gebracht, sein Essen gekocht, ihn den ganzen Tag durch die Gegend gefahren. Sein Schweigen ertragen, die leeren Blicke. Hatte sich Mühe gegeben, ihm über den Tod seiner Frau hinwegzuhelfen. Wie lange war das jetzt her, daß Frau Dudok gestorben war? Sieben Jahre – sieben Jahre lang war er wie ein Schatten gewesen, Dudoks Stütze und Halt. Medikamente geholt, Holz gehackt, alles repariert. Und nur, um am Ende in einer solchen Lage zu sein, weil sein Chef in Haferbrei gemanschte Todespillen gefressen hatte. Ekelhaft, egoistisch, dumm. Heimlich gesammelt, das Mistzeug, und genau ausgekundschaftet, wieviel nötig war. Sein Umriß vor dem Maisfeld, es war ihm komisch vorgekommen, daß er Dudok dort absetzen sollte. Jetzt war es ihm klar, sein letzter Spaziergang, sein letzter Sternenhimmel, vielleicht sogar ein letzter Versuch, wieder Luft zu bekommen. Verloren hatte er gewirkt, wie er da stand und nach nichts Ausschau zu halten schien, vielleicht nach anderen Milchstraßen in diesem unbegreiflichen All. Ob ihm das Brummen des Traktors aufgefallen war, der noch bis spät in die Nacht Heu eingefahren hatte?

Van Dijk ballte die Faust, wollte nicht weinen, hielt

die Tränen dann aber nicht zurück. Er weinte. Weil das nicht seine Art war, riß er sich schnell wieder zusammen. Es hatte ein bißchen geholfen, die Dinge ordneten sich wieder halbwegs in seinem Kopf. Der Terminkalender, darin mußte etwas zu finden sein. Er nahm den kleinen dunklen Lederband, der ihm so vertraut war, aus der Tasche. Lesezeichen beim Samstag. Also bis zuletzt in Gebrauch. Unter Sonntag stand nichts. An den folgenden Tagen sah er allerlei Termine, Aktionärsversammlung, Essen bei Jenny, Mittagessen Rotterdam. Keine Spur von irgendwelchen Vorbereitungen, nicht eine einzige verdächtige Notiz, nichts, das auf eine verhängnisvolle Wendung hindeutete. September: Termine bei der Bank, beim Zahnarzt, zwei Geburtstage. Oktober: dreimal in den Westen. Im November eine einzige Eintragung. Am 9., klein in Dudoks klarer Handschrift geschrieben: Die Nacht – sonst nichts. Die Nacht, auch das Die groß geschrieben. Van Dijk blätterte weiter, die Tage blieben leer, unausgefüllt bis zum Ende des Jahres.

Teichhühner nahmen vor ihm Reißaus und liefen pfeilschnell über den Weiher, ihre Füßchen schaufelten durchs Wasser. Jedesmal, wenn er ihren Fluglauf sah, wunderte er sich über ihre nervöse Leichtigkeit, sie erweckten den Eindruck, schwerelos zu sein.

Die drückende Hitze trieb ihn gegen seinen Willen ins Haus. Ein Stuhl an dem langen Tisch mit den gedrechselten Beinen, vor dem breiten Wohnzimmerfenster – dort saß Herr Dudok, wenn er nicht oben studierte oder was er da tat. Eine flache Schale als Aschenbecher, der *Spectator* daneben, ein Foto seiner verstorbenen Frau auf der

Fensterbank, ein Foto von seinem Freund Edmond van Stoetwegen, »Stoetje«, und ein Porträt seiner Schwester; die Kulisse der letzten Jahre. Dudok saß oft hier. Zu jeder Jahreszeit, kaum war er nach Hause gekommen, setzte er sich an dieses Fenster. Da hatte einer so eine Aussicht und sah doch nichts.

Er wollte auf Dudoks Stuhl Platz nehmen, eine plötzliche Anwandlung, aber er widerstand ihr. Auf einmal zuviel Scheu, zuviel Respekt vor dem Toten da oben, nie hatte er hier gesessen. Er spürte Dudoks Anwesenheit in jedem Winkel des Hauses. Anscheinend machte sich ein Toter gleich überall breit, veränderte die Atmosphäre in allen Zimmern. Saugte Stille und Unbehagen an.

Van Dijk ging schnell weiter, die Treppe hinauf, stieg wieder über Dudoks Bein und blieb am Schreibtisch stehen. Noch einmal griff er nach der Zeitung mit den altdeutschen Hieroglyphen. Ja, *Lübecker General-Anzeiger, 2. April 1942*. Wie war diese Zeitung hierhergekommen, und was für Namen waren da angestrichen? Damit konnte er nichts anfangen. Er schaute auf, die Zeitung in der Hand, es hatte an der Tür geklingelt. Vom Fenster des Arbeitszimmers aus sah er unten zwei Männer, der eine trug einen Hut, der andere hatte eine Aktentasche unterm Arm. Doch wohl keine Zeugen Jehovas, nicht ausgerechnet jetzt. Er ging hinunter und öffnete, auf Abwimmeln eingestellt.

»Kriminalpolizei«, sagte der Mann mit dem Hut.

2

Das Plakat über dem Kinoeingang zeigte riesengroß Emil Jannings in *Der Herrscher*: bester Darsteller bei den Filmfestspielen von Venedig. Eine unangenehme Visage hat der Kerl, dachte Dudok, als er durch die Mühlenstraße zur Arbeit radelte. In der Lübecker Innenstadt herrschte frühmorgens ein dichtes Gedränge von Radfahrern und Fußgängern, Straßenbahnen und Bussen. In diesen Straßen war der Arbeitseifer mit Händen zu greifen, eine ungezügelte Lust an Pünktlichkeit. Handel und Industrie blühten, wurde behauptet, und es stimmte.

Februar, der Morgen war unverhofft schön und mild, mit einem Duft nach Frühling. In diesem Jahr 1938 wohnte Chris Dudok in einem altehrwürdigen Gebäude an der Musterbahn. Alles war altehrwürdig in Lübeck. Er fuhr ohne Hut und Schal und mit offenem Mantel zur Arbeit. Lubecawerke hieß die hochmoderne Fabrik für Kühlanlagen und Milchpulvermaschinen, Konkurrentin der Firma seines Vaters. Trotzdem ließ man ihn hier arbeiten. Vielleicht hoffte man, durch ihn etwas mehr über das holländische Werk zu erfahren. Nächstes Jahr sollte er die Nachfolge seines Vaters antreten. Er durfte gar nicht daran denken. Er las lieber Menno ter Braak oder Arthur van Schendel als die trockenen betriebswirtschaftlichen Berichte der väterlichen Fabrik. Wenn er sich vorstellte, daß er Nietzsche gegen die Wirtschaftsseiten der Zeitungen würde eintauschen müssen, hatte er das Gefühl, zu ersticken. Er hatte ohnehin das Gefühl, zu ersticken. Diese Zeit ließ ihn nicht frei atmen. Durchgedrehte Massen, zu allem möglichen aufzustacheln. Geübt im disziplinierten Marschieren und Demonstrieren. Lübeck dröhnte von der Begeisterung für die Lehren des Führers. Der Mann war allgegenwärtig. In den Niederlanden wurde er zu blaß dargestellt, seine Worte klangen schon sanfter, bevor sie die Grenze bei Lobith passierten. Aber der Kunstmaler aus Wien war gerissen, fand Dudok, ein Irrer, aber sehr schlau. Das Radio war für ihn erfunden worden, ständig platzte er in alle Wohnzimmer hinein, in denen diese spottbilligen Apparate standen. Und niemand drehte ab.

»Die Ingenieure arbeiten hier zwölf Stunden am Tag«, schrieb er nach Hause – zum Lesen würden sie vermutlich kaum kommen. Es kostete ihn große Mühe, sich für die Neuerungen auf dem Gebiet der Lohnbuchhaltung zu interessieren, für Diktiergeräte und Rechenmaschinen, alles dazu bestimmt, Arbeitsabläufe zu straffen, die Produktivität zu steigern.

Am Anfang hatte er sich in seinen Tagträumen ausgemalt, daß er fortgehen würde. Die Fabrik vergessen. Sein Vater, plötzlich erkrankt, hatte ihm mitgeteilt, daß er das Geschäft bald übernehmen müsse. Er, Chris. Großer Gott, er würde Direktor einer Maschinenfabrik werden, eines Familienunternehmens, mit Bruder und Schwester und einem Vater im Hintergrund.

Die Tage und Wochen, die hinter ihm lagen, hatten seine Gedanken in eine andere Richtung gelenkt, der väterliche Betrieb verblaßte, die Panik legte sich. Die morgendliche Fahrt zu den Lubecawerken war nicht mehr bloße Pflicht, er sehnte sie herbei. Trotzdem trat er weniger eilig als die anderen in die Pedale, ließ das Rad ab und zu rollen, solange der Schwung vorhielt. Wie um sich Zeit zu verschaffen, sich auf sie vorzubereiten. Als hätte er Angst davor, sie wiederzusehen, mit ihrem Tempo nicht mithalten zu können, Angst, sie zu enttäuschen. Julia.

Februar in Lübeck. Eine Stadt wie eine Auster. Schwierig zu öffnen, aber wenn man es geschafft hatte, nahm sie einen auf. Alt war sie und kindisch jetzt. Dudok wohnte im Souterrain eines hellgelb gestrichenen Hauses am Rand der Altstadt. Aussicht auf das Straßenpflaster und pausenlos vorübergehende Beine. Er brauchte nur aus dem Fenster zu schauen, um den Zustand des Landes zu erspüren. Die Eile, die festen Schritte, diese entschlossene Art zu gehen. Schon beim Aufstehen bekam er seine tägliche Portion Optimismus. Gratis.

Leni Riefenstahl hätte bestimmt etwas daraus machen können. Beine für das Reich, Füße auf dem Weg zur Arbeit, Menschen im Eilschritt und ohne Zögern auf dem Weg in eine bessere Zeit. Bürgersteig, Sonnenlicht, Kamera ab! Chris ging ins Kino, sooft er Zeit fand, oder ins Theater. Er war nicht der einzige, überall gab es endlose Schlangen. Betäubung, Flucht, Ausbruch aus dem festen Takt des Fortschritts. Psychologie für Anfänger, zugegeben, aber auf ihn traf es zu. Betäubung suchte er, vor allem die Abende waren sonst Stunden quälender Einsichten, Stunden des Zweifels, ob er Julia jemals würde lieben dürfen.

Durch die Breite Straße, die Große Burgstraße, durchs Burgtor, und hinter der Brücke kam schon die ländliche Umgebung in Sicht, roch es nach Wald und nach Dünger. Alte, vernachlässigte Empfindungen. Auf dem Weg zu Julia, als wäre er unterwegs zu dem, was ihm in seiner Kindheit geraubt worden war. Was genau man ihm geraubt hatte, hätte er kaum sagen können. Nur die Leere, die ihm geblieben war, die kannte er sehr gut.

Die Lubecawerke, das war nun Julia. Das Betreten der Büroetage und des langen Flurs, an dem ihr Zimmer lag, richtete ihn auf, oder besser gesagt, gab ihm ein Gefühl der Erfüllung. Als würde er sein Leben nachholen. Als würde sein Fall gebremst, weil der Boden unter seinen Füßen fest geworden war. Seit Wochen schon ging es ihm so.

Zuerst hatte er sie nur von weitem gesehen, in dem Flügel mit den Büros der Ingenieure. Aber begegnet war er ihr nicht, und eine Gelegenheit zum Gespräch hatte sich erst recht nicht ergeben.

Chris hatte ein kleines Zimmerchen in der Direktion, neben der Sekretärin von Herrn Knollenberg. Jeden Morgen rief der Direktor ihn kurz zu sich, fragte ihn, wie es ihm gehe, erzählte die letzten Firmenneuigkeiten, wünschte ihm einen nutzbringenden Tag.

Bei einem dieser Gespräche war es geschehen. Sie war hereingekommen, um Knollenberg etwas zu fragen. Der Direktor hatte ihr Chris vorgestellt und ihr dann seine ganze Aufmerksamkeit gewidmet. Chris hatte Zeit gehabt, sie zu betrachten. Niemals hatte er eine Frau wie sie gesehen. Beherrscht, befreit, bestimmt im Auftreten.

Seine Phantasie war mit ihm durchgegangen: Sollen wir tanzen, geh mit mir ins Theater, ich umarme dich, berühre mich, wer bist du. Seltsame Art, zu schauen und zu denken, Chris, ohne jedes Maß, überdreht.

An den Tagen danach hatte er ihre Nähe gesucht. Hin und wieder gelang es ihm, ein paar Worte mit ihr zu wechseln. Sein Akzent, seine fast träge Höflichkeit, seine verhaltene Bewunderung ließen sie offenbar nicht gleichgültig. Sie sprachen über ferne Städte und Menschen, über vergangene Zeiten. Manchmal über das, was die Zeitungen schrieben und verschwiegen, ein paarmal über den Radiomann. Doch niemals allzuernst, eher mit einer gewissen Leichtigkeit, als wären sie gerade an Bord eines Ausflugsdampfers gegangen. Chris schaute sie an, sie sah ihn schauen. Sie plauderten, plänkelnd, spielerisch, immer darauf aus, dem anderen etwas Nettes zu sagen. Seine Blicke, ihre Blicke. Chris hielt ihr die Tür auf. Sie ging vor ihm her.

War es Zufall, daß sie jetzt häufig zu Knollenberg mußte? Nach einer ihrer Besprechungen schaute sie bei ihm zur Tür herein.

»Arbeiten Sie nicht zuviel? Man braucht in Holland nicht all unsere Geheimnisse zu kennen«, sagte sie und lachte.

»Solange ich Sie noch nicht entschlüsselt habe, werde ich soviel arbeiten.«

Wieder lachte sie. »Dieser Code ist nicht leicht zu knacken, Chris, das werden Sie schon merken.«

Neckereien, leise gesummte Lieder, kleine Freuden. Die Lubecawerke, etwas Öderes und Farbloseres war kaum vorstellbar. Aber hinter der Fassade aus Maschinen und Zeichentischen gab es Julia. Julia Bender, Ingenieurin.

Die Briefe, die er von seinem Vater und vor allem von seiner holländischen Freundin bekam, immer drängender und fordernder, ließ er unbeantwortet. Der Frühling, der kommende Sommer, Lübeck und Julia – warum sollte er sich den Kopf zerbrechen über die Fabrik, ein geregeltes Leben.

Leichtfüßig wie Julia, unbefangen wie sie wollte er werden, unabhängig von Pflicht und Autorität, frei. Dem grimmigen Ernst der Tage wollte er nicht ins Auge sehen. Wer war sie, woher hatte sie ihre unerhörte Sorglosigkeit, ihre ansteckende Selbständigkeit. Für diese Frau galten keine Konventionen, und trotzdem paßte sie sich den Umgangsformen an, erfüllte die Erwartungen ihrer Vorgesetzten bei Lubeca.

Nach ein paar Wochen sprach er die Frage aus. Ob sie nicht mit ihm essen gehen wolle oder ins Kino oder vielleicht in ein Café?

»An der Breiten Straße, Ecke Hüxstraße, liegt das *Café Elsaß*. Morgen um sechs Uhr?«

Überrumpelt, wie er war, konnte er nur nicken. Nicht einen Moment hatte er zu hoffen gewagt, daß sie darauf eingehen würde.

»Magst du das *Elsaß* nicht, Chris? Du sagst ja gar nichts.« Sanfte Herausforderung. »Ich werde mir eine Rose an den Hut stecken, damit du mich erkennst.«

»Unter Tausenden, Julia, und ich liebe Rosen an Hüten, tu das.«

Tischtennis-Konterball von ihr, Badminton-Drop von ihm. Schnell gegen langsam und doch auf beiden Seiten nicht ohne Wirkung. Ihr Tempo glich er mit seiner scheuen Aufmerksamkeit aus. Versuchte, mit ihr Schritt zu halten, auf seine Weise, manchmal stolpernd, gefangen in einer Verliebtheit, die nicht mehr lange zu unterdrücken war. Verliebtheit, was für ein Wort, eine banale Umschreibung für das, was ihm in ihrer Gegenwart widerfuhr. Die Leere verschwand, die Verachtung für so vieles, was geschah, verflüchtigte sich wie die trüben Zukunftsgedanken, die Angst vor einem fremdbestimmten Leben. All das verließ ihn, wenn er mit ihr sprach. Nannte man das Verliebtheit? Gut, dann war er verliebt. Aber hatte es nicht verdammt viel Ähnlichkeit mit Liebe, mit der unerreichbaren Liebe, der erträumten, der gemiedenen?

Bücherphrasen, Romanphantasien, nicht ernst zu nehmen, das hatte er sich schon früh eingeschärft. War in die Philosophie eingetaucht, hatte Schopenhauer gelesen, Nietzsche, die Frauenhasser, die Leugner der Liebe. Schicht für Schicht hatten sie ihren Pessimismus in seinem Gehirn abgelagert, so massiv, daß sie ihn überzeugt zu haben schienen. Liebe, ha, Märchen von Romantikern, die ihn nicht täuschen würden. Liebe gab es nur in den Köpfen von Abhängigen und Schwächlingen.

Und nun? Wenn er heimkehrte, würde er heiraten müssen und vielleicht, schlimmer noch, Vater werden. Eine Fabrik leiten, Gewinne erzielen, sich Beschwerden anhören, Menschen zur Pflicht rufen. Er würde das nicht können, er lehnte sich schon jetzt dagegen auf, er wollte nicht zurück.

Julia beherrschte seine Gedanken, nistete sich in sämtlichen Winkeln seiner Seele ein – der Seele, an die er nicht glaubte –, mit einer Liebe, an die auch nur zu denken seine Philosophen ihm nicht erlaubten. Julia. Mit jedem Tag wurde es schlimmer. Er schwieg darüber, aus Angst, sie zu verschrecken.

Im *Café Elsaß* hingen zusammengeknotete österreichische und deutsche Fahnen an den Wänden, Feststimmung herrschte, als Chris gegen sechs Uhr eintraf. Lübeck im März war noch kalt, die Nähe der Ostsee spürbar, es schneite. Von seinem Tischchen an dem hohen Fenster konnte er Straße und Eingang im Auge behalten. Die schwere Mahagonidrehtür mit Messingstangen ließ in kurzen Abständen Zugluft herein, es wurde jetzt schnell voll, mehrmals mußte er den leeren Stuhl neben seinem eigenen verteidigen. Österreichische Fahnen, die Deutschen waren dem Land »zu Hilfe gekommen«, als Retter rollten ihre Panzer über die Grenze, alles war bestens vorbereitet, die Portionen Verrat und Gerissenheit größer denn je. In den Schaufenstern hingen am Tag nach dem Einmarsch Landkarten von Großdeutschland. Österreich existierte nicht mehr, war eine Fahne ohne Nation, eine Windfahne im Sturm dieses Reiches.

Er schaute sich die Gesichter an. Herrschte wirklich die Feststimmung, die er beim Eintreten zu spüren geglaubt hatte? Er war sich jetzt nicht mehr sicher. Die Fröhlichkeit des Kellners kam ihm gezwungen vor, die Blicke stumpfer, als sie nach den Berichten hätten sein dürfen: »Die deutsche Bevölkerung jubelt und heißt ein verlorenes Volk willkommen!«

Chris legte die Zeitung wieder weg, er konnte diese triumphierenden Schlagzeilen nicht mehr ertragen. Deutschland begann in den Wahn abzudriften, und überall saß unsichtbar der Terror mit am Tisch. Er beobachtete es genau und fühlte sich als Außenstehender, als machtloser Fremder. Fuhr morgens mit dem Rad zur Arbeit, abends zurück, liebte die alte Hansestadt und fürchtete das Kommende. Außerhalb des Büros gingen ihm die Leute aus dem Weg, höflich, aber auffällig. Als müßten die Reihen geschlossen bleiben, als könnte der junge Holländer ihren Gedanken zu nahe treten. Und das mußte verhindert werden. Denken war etwas streng Persönliches, war Privatgelände.

»Das Denken haben wir aufgegeben«, hatte Julia gesagt. Lachend, immer lachend, gegen den Strom.

Wieder bewegte sich die Drehtür. Julia. Er ließ sie noch einen Moment Ausschau halten, sprang nicht auf, um zu winken. Auf diesen Augenblick hatte er hingelebt, und bis eben hatte er befürchtet, sie könnte doch noch absagen, müßte vielleicht Überstunden machen, was hatte er nicht alles befürchtet. Daß sie nun wirklich dort stand, wollte er möglichst lange auskosten – daß sie ihn suchte, daß sie ihn sehen wollte, wie war dieses Wunder zu erklären? Schneller als erhofft hatte sie ihn entdeckt. Nach wenigen raschen Schritten war sie an seinem Tisch und sagte, noch bevor er aufstehen konnte: »Es gab keine Rosen mehr, deshalb hast du mich auch nicht erkannt.«

»Hättest du nicht eins von diesen künstlichen Edelweißsträußchen anstecken können?«

Julia sah plötzlich ernst aus, ihre Fröhlichkeit war mit einem Schlag verflogen.

»Diese Verbrecher. Verbrecher sind sie.« Sie klopfte auf die Zeitung, die zusammengefaltet zwischen ihnen auf dem Tisch lag.

»Glaub ihnen nichts, Chris. Alles Geschriebene ist erlogen. Jede Zeitung, jedes Plakat, jeder Brief in diesem Land wird zensiert, kontrolliert und diktiert.« Sie sprach leiser als sonst. Zensiert, kontrolliert, diktiert, echote es in seinem Kopf.

»Was möchtest du trinken?« Der Kellner war schon an ihrem Tisch, bevor Chris ihn gerufen hatte. Julia lächelte, als hätte sie nicht soeben die herrschende Ordnung umgestürzt, und bestellte ein Glas Weißwein. Chris wählte das gleiche. Sie schwiegen, horchten auf den Lärm ringsum, eine Brandung aus Stimmen. Ihr Ausbruch hallte noch in ihm nach, ihr Zorn, ihr beißendes Urteil über die Zustände. Sie mußte Vertrauen zu ihm haben, sonst hätte sie niemals so etwas gesagt.

»Was hältst du denn von unserem Knollenberg?« fragte sie überraschend.

»Vermutlich jemand, der glaubt, was die Zeitungen schreiben.«

»Er hat Verwandte in Österreich, er wird sich wahrscheinlich freuen.« Sarkasmus mit einem Anflug von Bitterkeit.

Chris hätte sie am liebsten umarmt, ihr mitten im Café den Hut abgenommen, ihr die Haare gelöst, sie auf die Augen geküßt. Natürlich tat er nichts dergleichen. Natürlich blieb er, wo er war, eine Armlänge entfernt, zwischen ihnen eine Zeitung, ein Tischchen, ein Ordner mit Papieren, Knollenberg; alles, was nur zwischen ihnen sein konnte, ließ er dort.

Er hob sein Glas, tippte damit gegen ihres, was er schon recht kühn fand. Während sie trank, schaute sie ihn an. Ruhig, ganz kurz etwas Unsicheres im Blick. Er wollte nichts fragen, er konnte es nicht. Obwohl er so gern gewußt hätte, woher sie kam, wo sie wohnte, was sie früher getan, was für eine Jugend sie gehabt hatte. Er war bis zum Bersten voll mit Fragen, den ganzen Tag sammelte er Fragen, um sie im richtigen Augenblick stellen zu können – der nicht kam.

Das kleine Salonorchester spielte vergebens gegen den Lärm des überfüllten Saales an. Diesen Samstag abend schien man für die Feier der »Heimkehr« Österreichs bestimmt zu haben. Frauen in eleganten Kleidern, die Männer weniger schlicht als gewöhnlich. Aber wirkliche Feststimmung wollte nicht aufkommen. Die Freude hatte etwas Verbissenes, man kämpfte gegen etwas an, gegen Unheil, Gewalt, Krieg. Krieg, das Wort, das niemand aussprach, der Gedanke, den man zu verbannen suchte und der doch jeden beschäftigte.

»Wenn ihr noch eine Weile so weitermacht, gibt es Krieg, Julia.«

»Ihr?« Sie schaute ihn verwundert an.

»Gibt es ein Wir?« fragte er, bevor er wußte, was er fragte.

»Sicher gibt es ein Wir, Chris. Überall sind wir, im ganzen Land verstreut. Hunderttausende. Nur daß wir in Baracken zusammengepfercht sind, die wir nicht verlassen können. Buchenwald, Dachau, Sachsenhausen, schon die Namen auszusprechen ist gefährlich.«

»Bist du eine von ihnen?«

»Ich gehöre zu niemandem, will auch zu nichts und niemandem gehören, ich werde nie in so einer Baracke zu finden sein, dann lieber tot.«

Chris wußte nicht, was er darauf antworten sollte. Ihre Worte erschreckten ihn, der Ernst darin. In diesem Moment kam eine Gruppe junger SA-Männer herein. Fünf Mann in einem Saal mit über zweihundert Menschen. Und doch verbreiteten sie Nervosität, die Musiker kamen aus dem Takt, Gespräche stockten. Julia schlug die Zeitung auf, zeigte auf ein Foto.

»Weiterreden, Chris, weiterreden.«

Er sah sie kommen, in kleiner Formation zogen sie durchs Café, auf das Orchester zu, der Größte vorneweg, die weniger Kräftigen folgten.

»Nicht hinschauen, Chris, auf keinen Fall hinschauen. Worüber sprachen wir, über Knollenberg, nicht wahr?«

Der Mann an der Spitze tippte dem Dirigenten auf die Schulter und sagte etwas zu ihm. Der lachte, stellte sich in Positur und stimmte das Lied an. Der Saal reagierte sofort, man fand einander, das Lied brachte alle auf die Beine. Der letzte Rest Unglauben verflog, man sang. Die Fahne hoch, die Reihen fest geschlossen, SA marschiert mit ruhig festem Schritt.

Chris und Julia sangen nicht mit. Sie warteten darauf, daß es vorüberging, warteten auf das Senken der Fahne, die Auflösung der Reihen, das Nachschenken des Weins.

Singen konnten die Feiernden gut, den Text kannten sie auswendig. Freiheit und Brot, die Knechtschaft dauert nur noch kurze Zeit.

Die Männer gingen wieder, Holster am Koppel, fünffache Drohung. Sie wußten es, kannten ihre Macht, zweihundert Menschen schauten ihnen nach, Arme wurden gehoben. Es konnte nicht mehr lange dauern.

Auch Julia war aufgestanden. Regungslos, die Zeitung unterm Arm, starrte sie dem kleinen Trupp nach, der die Drehtür erreichte und nach draußen verschwand. Es schneite noch, an den dunklen Fenstern vorbei stampften mit festem Schritt die fünf vom braunen Bataillon.

»Die Schätzchen«, murmelte Julia, »die lieben Kleinen. Wo mögen nur ihre Mütter sein?«

Chris lachte. »Deine Liebe kennt keine Grenzen, wie?«

»Nein, ebensowenig wie ihre Stiefel. Es wird Krieg geben, Chris, ich weiß es, und du weißt es auch. Und was wirst du dann tun, da drüben in Holland?«

»Deine Auslieferung beantragen, was sonst.«

Sie war besorgt um ihn, dachte Chris, sie hatte Interesse an ihm, sie suchte ihn. Wagte er es jetzt, ihre Hand zu nehmen? Der Kellner erschien, die Spannung verebbte. Er hatte sie nicht angefaßt, aber vielleicht etwas in ihrem Inneren berührt.

3

Der Sandweg vor und hinter ihm lag im Dunkeln. Er konnte das Auto noch lange hören, das leise Brummen des niedrigen Gangs, in dem van Dijk weiterfuhr. Nicht weit von *De Venhorst* hatte er sich absetzen lassen. Der Mais stand hoch.

Eine Viertelstunde zu Fuß war es, mehr nicht. Eine Viertelstunde durch die Felder, dann das letzte Stück an ein paar Landhäusern mit Reetdächern vorbei, alles im Finsteren. Keine Gefahr, jemandem zu begegnen, nicht einmal mit ihren Hunden gingen die Leute so spät noch spazieren. Dudok sah, wie van Dijk die Kurve nahm, die Lichtbündel der Scheinwerfer glitten über die Wiese, und weg war er. Überall hing noch die Wärme des Tages; eine mondlose Augustnacht, hin und wieder leuchtete eine Sternschnuppe auf. Einen Wunsch hatte er nicht, keinen einzigen mehr. Oder doch, einen noch, von einem Moment zum anderen in das klaffende Weltall dort zu fallen. Wie verlockend das war, nur zu fallen, ins Unermeßliche, unendlich allein. Sein Leben lang war er unterwegs zu diesem Fallen gewesen. Alle hatten ihn daran gehindert, so kam es ihm vor, seit seiner Kindheit. Fallen wollte er, in den bodenlosen Abgrund, wortlos, echolos, empfindungslos. Alles war vorbereitet, es konnte nicht mißlingen. Ein Glück, daß er keine Kinder hatte. Und keine Frau mehr. Sieben Jahre lag ihr Tod zurück.

Ein fremdverschuldeter Tod, dachte er manchmal. Tod durch Vernachlässigung, durch Unvermögen.

Er hatte sie geliebt, ja. Von Zeit zu Zeit. Aus Rücksicht, aus Gewohnheit, aus Hilflosigkeit?

Er schaute in den Himmel, nahm den Hut ab und strich mit der anderen Hand sein Haar glatt. Chaos, schwarze Löcher, Zufall. Es gab nichts, worauf man zählen konnte, das hatte er von jeher gewußt. Seine jüngere Schwester bestritt das heftig, immer hatte sie mit ihm um seine Seele und Seligkeit gekämpft. Was andere auch sagen mochten, was sie auch hofften und erwarteten, glaubten, versprachen, alles prallte von seiner Gewißheit ab wie von Beton. Von seinem alten Verlangen, selbst in die Hand zu nehmen, was alle verurteilen würden: seine Flucht. Seinen Fall.

Jetzt endlich war es soweit, fast. Er sehnte es herbei wie ein Kind am Strand das Kommen der Flut. Noch eine Viertelstunde gehen, ein letztes Mal auf den Morgen warten, ein letztes Mal den Dunst über dem Weiher beim Haus sehen. Bei diesem »ein letztes Mal« fühlte er nichts, es war eine Feststellung, die Stoppuhr in seinem Kopf maß die Zeit, zählte, war auf die vorgesehene Stunde eingestellt. Ein Gefühl für Dramatik besaß er nicht mehr. Das war erschöpft, verbraucht, vergessen, verdrängt.

Während er still hinaufschaute, hörte er in der Ferne Motorengeräusch. Bis tief in die Nacht brachten Bauern ihr Heu ein, im Licht der Traktorenscheinwerfer. Ein beruhigendes Geräusch. Er lauschte, seltsam zufrieden mit dem, was er vor sich sah: schweigende Bauern auf ihren Wagen, davor Pferdegespanne. Im weiten Umkreis Heu wie große Wellen, höher und höher aufgetürmt. Männer, die Heugabeln emporstemmten, schwere Schirme aus Gras. Zehn Jahre war er alt, und der Hof seines Großvaters in der Nähe von Doesburg war in seinen Augen ein Königreich. So viele Hektar Land, Obstgärten, Kühe und Pferde, Schlachtvieh, Knechte, ein Schuppen voller Wagen. Nur für weniges gab es Maschinen, fast alles war Handarbeit, das Höchste an Kraft Pferdekraft. Das Abendessen wurde auf dem Hackklotz neben dem Hühnerhof einen Kopf kürzer gemacht. Ein Labyrinth von Möglichkeiten für einen Zehnjährigen aus der Stadt – für einen Verlorenen, fand sein Großvater. Schon damals zwischen zwei Welten, schon damals von seinen Wurzeln abgeschnitten, um irgendwann ein blasser Intellektueller zu werden; armer Junge. Zehn Jahre, und er konnte Kühe melken, auf dem einbeinigen Schemel, den Kopf an der Flanke der Kuh, die blaugeäderten Zitzen warm in den Händen. Und ein Gespann lenken, hoch auf dem Bock eines Fuhrwerks mit Fracht für den Markt, Kartoffeln, Rüben, Hühnern in Körben. Kind zwischen den Knechten; aufgenommen in ihren Dialekt, kostete er die Wörter eines rauhen, begehrenswerten Daseins.

Dort hatte es angefangen, dort hatte er es zum ersten Mal gespürt und begriffen, auf dem Hof seines Großvaters: Er war da und doch nicht da. Der Bauernhof war sein Leben, so empfand er es, wenn er lang ausgestreckt im Heu lag, zwischen den stampfenden Pferden, sogar wenn ein Schwein geschlachtet wurde. Das Land, sein Land, Sonnenaufgang über den Kühen, die er molk, ein Kalb, das im Licht von Laternen geboren wurde. Das Geräusch einer Milchkanne auf Pflastersteinen, der Duft von Äpfeln auf dem Boden der Tenne.

Aber er gehörte nicht dorthin. Zu Hause, das waren die Stadt, die Fabrik, die er später übernehmen sollte, die Bücher, die er las, das zurechtgeformte Leben eines Kindes unter Erwachsenen mit ihrer eleganten Konversation. Chris Dudok, dazu bestimmt, ein Direktor zu werden, ein gebildeter Mann, ein Ruheloser.

Er träumte, daß er für immer bei seinem Großvater wohnen durfte.

Der Himmel war weiß von Sternnebeln. Chris schaute und schaute, konnte sich nicht losreißen von diesem Raum, von seiner Vergangenheit, die jetzt aus allen Hinterhalten hervorsprang. Der Leib, der sich auflehnt gegen das Abgeschlachtetwerden, die Kuh auf dem Weg zum Schlachthof, wie sie sich umblickt nach der Weide und den Händen des Bauern, das Huhn, das dem Beil nicht entkommt, das kreischende Schwein. Zurück, geh zurück, nimm einen anderen Weg, genug Wege in Wald und Feld, die nach Hause führen. Eine Eule rief ganz in der Nähe, es vervollkommnete die Stille.

4

Die Wochen vergingen, der April war mit hundert Farben gekommen und mit hundertfachem Zögern. Tag für Tag fuhr Chris von der Musterbahn zu den Lubecawerken und zurück, berauscht, verwirrt. Er trotzte dem Grimm der Stadt. Seit dem »Anschluß« war Lübeck nicht freundlicher geworden. Der Tanz der Generäle echote in den Straßen, den Häfen und Werften, an allen Fronten bereitete man sich vor.

Dieser Aprilmorgen war anders. Tief in Gedanken fuhr Chris den vertrauten Weg zum Büro, vorbei am Stadttheater, wo er am Vorabend eine beklemmende Vorstellung gesehen hatte. Hauptrolle und Regie Andreas Bender. Ihr Nachname.

Ein Stück, dessen Hauptperson sich von allem und jedem zu befreien schien, von der Bühne sprang, durch den Zuschauerraum ging, aus dem Theater, hinaus auf den Platz. Verschwunden zwischen den Passanten, in der Nacht. Ideale Lösung. Nicht für ihn, wußte Chris, aber das Verlangen kannte er gut. Auch an diesem Morgen noch, auch an diesem Tag.

Ein ganzer Tag in der Zeichenabteilung, wo die Ingenieure sich über ihre Tische beugten, wie Federn gespannt, Zigaretten im Mund. Er ging systematisch sämtliche Abteilungen durch, vom Lager bis zur Direktion. Alle, mit denen er zu tun hatte, begegneten ihm mit Wohlwollen, sie schienen keine Geheimnisse vor ihm zu haben, gaben bereitwillig Auskunft. Man wußte, daß er kam, um Neues zu lernen, aber Angst vor Spionage hatte man offenbar nicht. Ein junger Mann aus Holland, bescheiden, vertrauenswürdig, ruhig.

Dabei war er alles andere als ruhig. Die Krankheit seines Vaters hatte ihn überfallen, und daß er bald würde zurückkehren müssen, ließ ihn manchmal verzweifeln. Das Tauziehen hatte begonnen, letzte Woche waren wieder Briefe seines Vaters mit Hinweisen, Aufträgen und Mahnungen gekommen. Er hätte sie am liebsten gar nicht gelesen, bei dem Wort »Fabrik« packten ihn Wut und Widerwillen. Und doch war die Fabrik sein zweites Zuhause gewesen.

Schon in seinen frühesten Erinnerungen tauchte dieses blaßgraue Gebäude am Ringkanal auf, mit einer Tür, die in ein viel größeres Tor eingebaut war und Zugang zur Halle bot. Man öffnete sie und war in einer Art Wildem Westen. Männer hantierten mit langen Revolvern, aus denen Flammen kamen, vor den Augen hatten sie riesige Brillen. Überall lagen haufenweise silberfarbene Metallspäne, man hörte das Rasseln von Winden und Laufkatzen. Große Walzen in Gestellen, Geschrei, ein widerlicher Ölgeruch, ein Knall irgendwo weit hinten in der gewaltigen Halle. Eine Geisterbahn. Der Lagermeister nahm ihn an der Hand und lotste ihn sicher hindurch. Die gefurchte, grobe Hand des Lagermeisters – und solche Männer sollte er jetzt führen? Wohin denn und wie?

Was hatte sein Betriebswirtschaftsstudium schon zu bedeuten im täglichen Geschiebe und Gezerre. Ökonomie war die Lehre von der Hoffnung, Hoffnung auf mehr, auf Besseres, auf anhaltenden Gewinn. Des Kaisers Kleider, bestickt mit verrückten Zahlen und Prozentsätzen. Ökonomen waren Phantasten, Priester einer Gemeinde von Gutgläubigen. Sand in den Augen haben und glauben, daß man durch eine Brille schaut. Ökonomie, eine imaginäre Brücke über einem Abgrund, er hatte die Nase voll von diesem höheren Schwindel. Letztlich mußte jeder selbst sehen, wie er zurechtkam. Wie man einen Betrieb führte, wie man Erfolg hatte, dafür gab es keine Formel, das war nicht zu berechnen. Obwohl es in Lübeck und in Deutschland insgesamt ganz danach aussah. Nie hatte er etwas Ähnliches erlebt, diese Besessenheit, diese Raserei, diesen unbedingten Willen, der Stärkste zu werden.

Die Lubecawerke waren nur ein winziges Rädchen in der Wachstumsmaschinerie. Aber in jeder Abteilung hatte er das Gefühl, daß die Zukunft des Landes genau dort gebaut wurde. Jede Handlung hatte ein Ziel, jeden Tag kamen sie ihm näher. Staunend erlebte er ihr Tempo und ihren Einsatz, spürte ihre Verbissenheit, ihr Getriebensein. Der Mann aus dem Radio steckte in ihren Köpfen. Änderte er die Richtung, taten sie es auch, blieb er stehen, standen sie, rief er, folgten sie, egal wohin.

Chris fuhr langsam. Der Theaterabend ließ ihn noch nicht los, ein Abend, wie er ihn nie zuvor erlebt hatte. Der Anfang eines Dramas, der erste Dominostein, der fällt. Kurz vor Beginn der Vorstellung war es plötzlich totenstill geworden. Schon geschlossene Türen wurden aufgerissen, das Licht im Saal gelöscht, Scheinwerfer tauchten die erste Reihe in rote Glut. Dann kamen sie herein, ein paar Männer, in ihrer Mitte einer in Schwarz. Die Menge erhob sich wie auf Kommando, streckte den Arm aus und rief den Namen des Radiomanns, des Kunstmalers. Der Abgesandte drehte sich ruhig um, hob schlaff die Hand, schlug mit dem ausgezogenen Handschuh einem Kameraden auf die Schulter. Verloren saß Dudok in einem Käfig aus Armen, stählern umschloß ihn der Gruß. Männer und Frauen, alle standen, alle riefen. Die Gesichter verrieten grenzenlose Bewunderung für den Magier in ihrem Leben. Einen Moment hatte es Chris den Atem verschlagen, fast körperlich hatte er die Anbetung gespürt. Die Anwesenheit eines Vertreters des Führers reichte, um die Menge in einem solchen Saal in Verzückung zu versetzen. Theater, in der Tat.

Theater, bei dem am Ende der Hauptdarsteller von der Bühne sprang und vor der ersten Reihe stehenblieb, vor dem Mann in Schwarz. Schwitzend, blaß, noch von seinen eigenen Worten berauscht, schaute er ihn an. Einen Moment sah es so aus, als wollte nun auch er den Volksgruß entbieten, aber nein, er ließ den Blick über die Reihen gleiten, aufwärts, lächelte und stürmte weiter, gefangen in den Scheinwerferkegeln; die Spannung folgte ihm durch die Türen des Theaters hinaus. Das Publikum saß schweigend, hilflos, atemlos. Vorn ein erzürnter, gedemütigter Knecht des Allerhöchsten. Fast niemand sah, daß ein Mann aus seiner Entourage noch vor dem Einschalten der Saalbeleuchtung aufstand und dem Schauspieler nachging. Dudok sah es. Und verstand. Die Verachtung und der Spott in der Miene des Schauspielers waren zu offensichtlich gewesen. Eine Provokation, ein Anschlag, eine Anklage.

Das Stadttheater an der Beckergrube nahe der Breiten Straße sah aus, als wäre es nicht nur ein paar Stunden geschlossen. »Heute abend keine Vorstellung«, las Chris auf einem großen weißen Zettel neben dem Eingang. Es wunderte ihn nicht, nur daß der Hinweis schon so früh aufgehängt worden war.

Aber noch etwas anderes war geschehen.

Zwei Reihen vor ihm hatte Julia gesessen, aufgetaucht aus dem Nichts. Ihren Anblick dort würde Chris nie vergessen. Soweit er sehen konnte, war sie außer ihm die einzige gewesen, die sich nicht bewegt hatte, als der Schwarze und sein Trüppchen hereingestampft kamen. Erst kurz vorher hatte sie ihren Platz eingenommen, das Saallicht war schon abgeblendet. Er sah, daß sie außer Atem war, offenbar war sie gerannt. Schräg vor ihm saß sie, so daß er zwischen anderen Köpfen ihr Gesicht sehen konnte. Wie es gefror, als die Menge sich erhob, ihre Wangen verloren alle Farbe, sie rührte sich nicht. Als alle wieder saßen, schien sie aufzuatmen. Sie drehte sich vorsichtig um und sah ihn. Dudok nickte, sie nickte zurück, sekundenlang hielt ihr Blick ihn fest. Nach der Vorstellung hatte sie den Saal schneller verlassen als er. Als er noch an der Garderobe wartete, sah er sie durch den Ausgang schlüpfen, schon im Mantel. Er verwünschte seine Langsamkeit, wann kam er endlich an die Reihe, sie war fort, da war nichts zu machen. Er hatte ihr noch nachgerufen. Etliche Leute hatten ihn angestarrt, waren ihm sogar aus dem Weg gegangen. Erinnerten sie sich, daß er nicht gegrüßt hatte? Man wurde hier schnell zum Aussätzigen.

Dauernd überholten ihn andere Radfahrer. Das Stadttheater lag schon ein ganzes Stück hinter ihm, als ein Auto ihn schnitt und an den Rand drängte, anhielt. Zwei Männer stiegen aufreizend langsam aus, einer sprach ihn an. Papiere wollten sie sehen. Er hatte seinen Paß bei sich. Der wurde äußerst sorgfältig kontrolliert, sie blätterten vor und zurück, betrachteten das Foto, betrachteten ihn, betrachteten ihn noch einmal. Fragten, wohin er fuhr. Lubecawerke? Ob er eine gewisse Julia Bender kenne? Der Name sage ihm nichts, nie gehört, ob er jetzt weiterfahren könne? Holländer also, schönes Land, würden sie irgendwann mal besuchen. Und sie krochen wieder in ihren schäbigen Volkswagen, traurige Spitzel, trostlose Vogelscheuchen, diese beiden Volksgenossen.

Er war erschrocken. Julia Bender, was wollten die Männer von ihr, woher kannten sie ihren Namen?

Chris trat mit aller Kraft in die Pedale, er wollte jetzt so schnell wie möglich zur Fabrik. Seine Augen tränten vom Fahrtwind; die Frage, ob er Julia Bender kenne, klang ihm in den Ohren.

Kaum hatte er das Büro betreten, als Knollenberg ihn rufen ließ. Auf dem Schreibtisch des Direktors lag ein Blatt Papier, auf das er mit der Hand klopfte.

»Von der Polizei, die heute morgen hier war«, sagte er. »Provokation während der Vorstellung im Stadttheater, ich habe gehört, daß Sie auch dort waren. War es so schlimm?«

Dudok verneinte. Eigentlich sei nichts passiert, aber

gerade dieses »Nichts« sei wohl das Provozierende gewesen. Vielleicht habe der Schauspieler die Leute in der ersten Reihe dadurch gereizt, daß er sich nur umgeblickt, geschwiegen und gelächelt habe und dann verschwunden sei. Chris faßte das Stück für Knollenberg zusammen, eilig, er wollte zur Zeichenabteilung, Julia warnen. Die Zeichenabteilung lag direkt hinter dem Flur mit den Direktionsräumen, sie war das Nervenzentrum des Betriebs. Dort wurde die Zukunft konstruiert, dort wurden Maschinen erdacht, die zwei, drei Jahre später zum Einsatz kommen würden.

»Ist Ihnen sonst noch etwas aufgefallen? Wie es scheint, haben Sie sich bei der Begrüßung unserer Führung nicht erhoben?« Zwei Fragen, auf die eigentlich keine Antwort erwartet wurde. Knollenberg war gut informiert, Dudok schaute ihn nur verwundert an.

»Kennen Sie Julia Bender?« Wieder diese Frage.

»Aber ja, Herr Knollenberg. Sie arbeitet doch hier, nur zwanzig Meter weiter. Sie haben Sie mir sogar vorgestellt.«

Knollenberg nickte. »Ich habe der Kriminalpolizei gesagt, daß Sie sie wahrscheinlich nicht kennen – sie ist heute morgen nicht zur Arbeit erschienen. Würden Sie zu ihrer Wohnung gehen und ihr diesen Brief geben? Wenn sie nicht zu Hause ist, wie ich vermute, stecken Sie ihn bitte in den Briefkasten.« Dudok nahm den Brief.

»Jetzt gleich, Herr Knollenberg?«

Der Direktor nickte. »Es ist ihr Entlassungsschreiben, zu meinem Bedauern.« Knollenberg schien nicht zu wissen, wohin er schauen sollte, ging zum Fenster, trommelte mit den Fingern auf den Heizkörper. »Furchtbar«, murmelte er nur.

Langsam ging Dudok hinaus, am Zimmer der Sekretärin und seinem eigenen winzigen Büro vorbei, und machte sich auf den Weg. So schnell er auf der Hinfahrt gewesen war, so zögernd und vorsichtig fuhr er jetzt in die Innenstadt zurück, den Umschlag in der Hand, Mantel auf dem Gepäckträger, Frühjahrssonne im Rücken. Julia wohnte in der Gegend um das Theater, Glockengießerstraße 27b, eine Durchgangsstraße, Bäume auf beiden Seiten. 27b war ein Haus mit acht Parteien. An der Hauswand eine Klingelleiste mit Namensschildchen, Briefkästen sah er nicht. Das Klingeln, direkt über ihm, klang hohl, nach Verlassenheit. Nichts rührte sich.

Er schellte ein paarmal, trat ein Stück zurück, sah niemanden. Er schob den Brief unter der Haustür durch. Hörte ihn über den nackten Boden rutschen.

Der Verkehr nahm zu. Er schob sein Fahrrad in die Breite Straße, konnte sich nicht zum Aufsteigen entschließen. Auf der Straße herrschte diese merkwürdige Art von Betriebsamkeit, die einen in ein größeres Ganzes aufnimmt, unpersönlich und dadurch beruhigend. Tröstend, ganz unparteiisch, ein klarer Strom, in dem das eigene Leben verschwindet wie ein Stück Holz, das jemand ins Wasser geworfen hat. Man treibt. Dudok wollte nichts lieber. Beim ersten geöffneten Straßencafé machte er halt. Die Geräusche, die vom Platz bis hierher drangen, die Stimmen der kaffeetrinkenden Gäste – er saß auf seinem Korbstuhl und lauschte, verwirrt von seinem Auftrag, vom Tempo der Ereignisse. Und erst recht verwirrt, als eine Frau sich neben ihn setzte, ihre Sonnenbrille abnahm und »Guten Tag, Chris« sagte.

Julia Bender.

»Julia«, er blickte sich rasch um, »Julia, sie suchen dich! Wo kommst du jetzt her?«

Sie lachte kurz. »Ich weiß, laß sie suchen. Ich habe gesehen, daß du einen Brief bei mir abgeliefert hast, bestimmt meine Entlassung?«

»Woher weißt du denn das nun wieder?«

»Mir ist das schon einmal passiert. Mein voriger Chef hat den Brief selbst abgegeben, aber Knollenberg hat zum Glück dich geschickt. Ich wollte gerade nachsehen, ob ich es wagen könnte, in meine Wohnung zu gehen. Jetzt kann ich dich wenigstens einen Moment sprechen.«

Chris schwieg. Er hörte sich schweigen, suchte nach einem passenden Anfang. Sie lächelte, beherrschte die Situation, legte ihm die Hand auf den Arm.

»Ein Ausländer ist in diesem Land grundsätzlich verdächtig. Hast du das Gefühl, daß dir jemand folgt?«

Er erzählte, wie man ihn am Morgen angehalten und nach ihr gefragt hatte.

»Und obwohl mir deine Bekanntschaft sehr angenehm ist, habe ich entschieden abgestritten, dich zu kennen. Ich hoffe, du nimmst mir das nicht übel, es war keine Feigheit, ich hatte nur den Eindruck, daß es besser wäre, nichts von dir zu wissen.«

»Du hattest recht, besser, du kennst mich nicht.«

»Aber könnte uns hier vielleicht jemand sehen?«

»Nein, ich glaube nicht, daß dir jemand gefolgt ist, es ist keiner von denen in der Nähe. Sie haben es nämlich nicht nötig, unauffällig zu sein, man erkennt sie auf einen Kilometer Entfernung. Wir sind hier ganz sicher.«

Die Ruhe, mit der sie sprach, übertrug sich auf ihn. Und zog ihn an. Alles an ihr zog ihn an. Dies war das zweite Mal, daß er außerhalb des Betriebs mit ihr zusammen war. Nach dem gemeinsamen Abend im *Café Elsaß* vor ein paar Wochen hatte er Julia bis zu ihrem Haus begleitet. Der leichte Schnee auf ihrem Mantel, das langsame Gehen durch die Breite Straße, wo der Schnee alle Geräusche dämpfte; Worte reichten nicht an das heran, was er empfunden hatte. In einem entfernten Winkel seines Geistes hatte er sich wieder unter einer Kuh sitzen sehen, schäumende Milch im Eimer, die Heuscheune im Dämmerlicht, Bilder aus einer unerreichbaren Vergangenheit.

Was für ein Mensch war sie, was tat sie, warum wurde sie einfach entlassen? Wie konnte sie so entspannt hier sitzen, lachen, Kaffee trinken? Auf einen Blick von ihr war der Kellner erschienen, und sie hatte etwas bestellt, bevor Chris es ihr anbieten konnte. Immer war er zu langsam und sie ihm eine Nasenlänge voraus, mühelos.

»Eine unglaubliche Vorstellung gestern abend, Julia. Dieser Schauspieler, Andreas Bender, ist er mit dir verwandt?«

»Mein Bruder. Ich bin vernarrt in ihn. Er ist mein großes Vorbild.«

Julia erzählte. Fragmente eines ungewöhnlichen Familienlebens, Einblicke ins Lübecker Künstlermilieu. Vater und Mutter Schauspieler, ausgebildet in Berlin, dann in die Stadt ihrer Jugend zurückgekehrt. Für Andreas und

Julia hatte die Welt aus rotem Plüsch und auf- und zuschwingenden Vorhängen bestanden. Ein ungeordnetes Leben, ihre Eltern waren manchmal zu Hause, manchmal wochenlang auf Tournee gewesen, und dann wieder hatten sie über Monate auf ein neues Engagement gewartet.

»Meine Mutter lernte in der Küche ihre Rollen, alles durcheinander, klassisches Repertoire, moderne Stükke – sie schrie und flüsterte und sang und krümmte sich und rührte dabei in Töpfen und Pfannen. Als ich alt genug war, habe ich das Kochen übernommen, dann saß sie am Küchentisch und repetierte, während ich Essen machte. Ich soufflierte ihr, Kochbuch und Text lagen nebeneinander auf der Anrichte. Noch heute liegt bei mir, wenn ich koche, ein Buch neben dem Herd. Und ich horche, ob meine Mutter nicht kommt. Sie sind tot, meine Eltern, beide. Ein Autounfall in der Nähe von München, nach einer Vorstellung. Es war ein dummes Unglück, mein Vater muß eingeschlafen sein, sie sind von der Straße abgekommen und gegen einen Baum geprallt. Sie waren auf der Stelle tot.«

Chris hörte ihr zu, als hinge sein Leben davon ab. Andreas war in die Fußstapfen seiner Eltern getreten, hatte schon jung die Rollen seines Vaters auswendig gelernt und abends, wenn er und Julia allein waren, ganze Stücke gespielt. Aus Kisten und Brettern bauten sie im Eßzimmer eine Bühne. Er gab seiner Schwester Regieanweisungen, sie mußte seinen Monologen zuhören, mußte ihn anfassen, liebkosen, in die Arme nehmen. Er tanzte mit ihr, lachte und weinte.

»Licht aus, Julia! Licht an! Vorhang! Applaus, Julia, Applaus!«

Aufwühlende Abende waren das, sie konnten nicht aufhören, spielten und spielten. Andreas sollte später einmal behaupten, daß er nie mehr so überzeugend gespielt habe wie im heimischen Eßzimmer. Sechzehn, siebzehn waren sie gewesen, keine Kinder mehr, noch nicht erwachsen. Vollkommen frei in ihrem Spiel, unverfälscht in ihren Gesten, ohne Effekthascherei, ohne Publikum, allein mit sich, miteinander. Draußen war der Verfall, draußen war der »Krach«, hatte das große Theater fast schon begonnen.

»›Du mußt mit mir kommen, Julia‹, hat Andreas eines Tages gesagt, ›pack deinen Koffer, wir gehören nicht in dieses Land, in diese Stadt, in diese Straße.‹ ›Andreas‹, habe ich geantwortet, ›ich würde ja so gerne mitkommen, aber ich muß für mich selbst sorgen können, ich möchte Ingenieur werden, ich werde in Berlin studieren.‹ ›Dann gehe ich eben mit dir nach Berlin, zur Schauspielschule. Wer als erster fertig ist, hat gewonnen.‹«

Julia schaute Chris an, die Kaffeetasse in der Hand: »Er hat gewonnen, er hat jeden unserer Wettkämpfe gewonnen. Aber ich war ihm auf den Fersen, viel hat nicht gefehlt, ein paar Monate nach ihm habe ich mein Studium abgeschlossen.«

Während sie erzählte, sah er, daß sie aufmerksam die Umgebung im Auge behielt. Sie wirkte entspannt, aber das war Schein. Sie ging ein Risiko ein, und sie wußte es.

»Andreas ist verhaftet worden. Mich will man auch

verhören, aber ich denke nicht daran, mich denen zu stellen. Andreas würde das auf keinen Fall wollen, das weiß ich genau. Sie werden ihn wohl in ein Lager stekken, zu all den anderen unerwünschten Elementen. Sein Auftritt gestern war für sie eine Provokation. Wenn man ihrer Macht trotzt, und sei es nur mit einem Blick, der ihnen nicht gefällt, reicht das schon, um aus dem Verkehr gezogen zu werden. Wir sind hier den Barbaren ausgeliefert.«

Chris hatte das Gefühl, etwas sagen zu müssen, begann einen Satz und brach ihn gleich wieder ab. Nicht warnen, keine Besorgnis äußern, sie war in allem so unglaublich tüchtig. Mit derselben Genauigkeit, mit der sie ihre Arbeit verrichtete, beurteilte sie ihre Lage. Die ihm hoffnungslos vorkam. Was konnte er tun, wie konnte er ihr helfen?

»Wo willst du hin, Julia? Du kannst selbstverständlich zu mir kommen, ich werde etwas vorbereiten, möchtest du?«

Er bot es an, ohne nachzudenken, die Worte waren heraus, bevor er wußte, was er sagte. Er wollte sie nicht anschauen, tat überflüssigerweise noch etwas Zucker in seinen Kaffee, rührte. Ihre Antwort kam ein wenig zögerlich, klang unsicherer, überraschter, als er es von ihr gewohnt war.

»Chris, ja, ich muß irgendwo … nein, ich kann doch nicht einfach … na gut, gern eigentlich. Ich bleibe nur gerade so lange wie nötig, ich werde dir nicht zur Last fallen. Hast du denn Platz?«

Er nickte vorsichtig, er hatte Platz, er machte Platz.

Sie verstummten. Der Verkehr nicht, die Straße nicht, der Strom der Fußgänger brach sich an dem Café, aber der Lärm machte keine Pause.

Chris hörte Julia sagen, daß sie am Abend zu ihm kommen werde, es sei ja früh dunkel, sie werde um acht da sein. Er nannte seine Adresse, sie stand auf, gab ihm die Hand, verließ das Café und verschwand zwischen den Passanten. Auf dem Tisch lag Geld für ihren Kaffee. Chris legte seines daneben, wieder war sie zu schnell für ihn gewesen, natürlich hatte er für sie bezahlen wollen. Ein Signal, daß sie Abstand wahren wollte? Eine Aufforderung, weniger langsam zu sein? Das bestimmt, neben ihr fühlte er sich als schwerfälliger Holländer.

Wie er den Tag überstanden hatte, wußte er später kaum noch. Er war ins Büro zurückgekehrt, um in einer plötzlich feindlichen Umgebung unwichtige Dinge zu erledigen. Knollenberg hatte gefragt, ob alles geklappt und er den Brief abgegeben habe. Jede Geste des Direktors spiegelte sein Unbehagen und Bedauern. Ein Mann, der an der Zukunft bauen sollte, während man den Boden unter seinen Füßen aushöhlte. Knollenberg sah aus, als sei er viel zu früh aus einem Traum erwacht, in leeren Zimmern.

»Herr Dudok, lassen Sie sich nicht mit Fräulein Bender ein, sie gehört nicht mehr zu uns. Sie ist Kommunistin, wenn Sie mich fragen.«

Er hatte nichts erwidert, was hätte er auch sagen sollen. Knollenberg hatte die Tür hinter ihm geschlossen, blaß und besorgt.

In den Stunden, in denen er ziellos die Fabrik durchstreifte, beschäftigten ihn nur zwei Fragen: Wo war sie jetzt, und wie bekam er sie in die Wohnung, ohne daß es jemand merkte? Wie es weitergehen sollte, wenn sie erst einmal da war, darüber dachte er nicht nach.

»Herr Dudok, für Sie liegt eine Nachricht beim Pförtner.«

Als er dort anklopfte, sah er einen hellblauen Umschlag auf der Theke liegen. Chr. Dudok, weibliche Handschrift. »Persönlich« stand in der linken oberen Ecke.

Im Gehen las er den kurzen Brief: »Acht Uhr schaffe ich nicht, es wird wohl elf werden, don't worry.«

Don't worry, das Englisch, das Julia manchmal in ihr weiches Deutsch mischte, gab ihren Gesprächen etwas Geheimes, Verbotenes. Aber die knappe Mitteilung beruhigte ihn keineswegs. Das einzige, was ihm ein wenig Mut machte, war ihre Gelassenheit: daß sie sogar jetzt noch hier mit ihm in Verbindung trat. Offensichtlich hatte sie Freunde, die solche Briefe überbringen konnten.

5

Elf Uhr war längst vorbei. Chris hatte sich durch den Abend gequält, sein Zimmer und die Küche aufgeräumt, nicht übertrieben, sie sollte nicht denken, daß er sie dabehalten wollte. Draußen kamen immer weniger Leute vorbei. Von der morgendlichen Hektik in den Straßen war nichts mehr zu ahnen, sein Fenster blickte in einen still gewordenen Abend. Selten noch ein Fußgänger, noch seltener ein Wagen, die meisten Lübecker waren zu Bett.

Es war fast zwölf, als er ihre Füße sah. Er erkannte ihre Schuhe sofort, niedriger Absatz, Schnalle, dunkelgelbes Leder, elegant. Reglos starrte er die Beine vor seinem Fenster an. Er wollte zu ihr, zögerte aber. Sie, die dort stand und wartete, ihre Füße – der Anblick der Frau, die er hereinlassen sollte, machte ihn unsicher. Noch konnte er zurück, er brauchte nicht an die Tür zu gehen, nicht zu öffnen, das Licht war aus. Laufplanke einholen, schweigen. Selbstverständlich kam das nicht in Frage, und da klopfte sie auch schon, zwei, drei trockene Schläge, entschlossen, voller Vertrauen darauf, daß er da war, obwohl kein Licht brannte. Mit wenigen Schritten war er an der Haustür, Sekunden später stand sie im Zimmer. Er zog die Vorhänge zu, schaltete eine Lampe an und nahm ihr den Mantel ab. Julia sagte nichts, schaute sich um, ruhig.

»Lieb von dir, auf mich zu warten, es hat alles ein bißchen länger gedauert, als ich dachte, tut mir leid.«

»Wo bist du gewesen, Julia, es hat dich doch niemand hier hineingehen sehen?«

»Niemand, darauf habe ich schon geachtet, keine Angst.«

Aber er hatte Angst und schaute sie nicht an, als er sagte, daß er eine Art Bett für sie zurechtgemacht habe und daß sie vielleicht müde sei und schlafen wolle.

»Laß uns noch ein bißchen reden, Chris, und etwas trinken, falls du zufällig Whisky haben solltest.« Sie stand vor der Flasche *Jack Daniels* und drehte sich lächelnd zu ihm um.

»Wohin bist du so schnell geflohen gestern abend nach dem Theater? Ich habe nach dir gerufen, aber du hast mich offenbar nicht gehört.«

Am Morgen im Straßencafé hatte er nicht davon sprechen wollen. Das Bild ihrer Flucht durch die Drehtür des Theaters ließ ihm keine Ruhe. Ihr blasses Gesicht, einen Moment hatte sie gezögert, nach links und rechts geschaut, sich für rechts entschieden, ihr langer Mantel mit dem grauen Pelzkragen war an dem riesigen Fenster vorbei ins Dunkel geglitten.

»Ich war die ganze Nacht bei meinem Bruder. Als sie ihn heute morgen holten, hat er mir rechtzeitig rausgeholfen. Durch ein Fenster konnte ich in den Garten hinterm Haus und bin dann in den Garten der Nachbarn geklettert. Ich kenne sie, man kann ihnen vertrauen, sie haben mich ins Haus gelassen. So konnte ich mich noch in Sicherheit bringen.«

»In deinem pelzbesetzten Mantel?«

»Woher weißt du, daß ich einen pelzbesetzten Mantel anhatte?« Sie hob ihr Glas.

»Wer als erster von der Garderobe gerannt kommt, vor der Horde, muß damit rechnen, daß man ihn sieht. Hast du mich eigentlich nicht gehört, oder wolltest du mich nicht hören?«

»Nein, ich habe wirklich nichts gehört, ich war in Panik, ich hatte nur einen Gedanken: sofort zu Andreas. Ich war mir sicher, daß sie ihn verhaften würden, aber Andreas wollte von Flucht nichts wissen. Er meinte, ich würde übertreiben, er hielt mich für kindisch und überängstlich, er wollte nicht auf mich hören. Als es dann soweit war – mein Gott, war das wirklich erst heute morgen, für mein Gefühl ist es schon so lange her –, da hat er gesagt: ›Julia, ich komme schon durch, such nicht nach mir.‹ Das Gehämmer an der Tür wurde lauter, es klingelte ununterbrochen, ich hab das Fenster aufgemacht, er hat mir beim Raussteigen geholfen, ganz kurz hat er mir die Hand in den Nacken gelegt und geflüstert: ›Ich liebe dich, kleine Ingenieurin, mach, daß du wegkommst.‹«

Julia schwieg, schaute sich im Zimmer um und setzte sich.

»Nett wohnst du hier. Wohnst du allein? Hast du öfter mal Besuch, Verwandte, Freunde, eine Freundin?«

Er schüttelte den Kopf, niemanden, keine Vermieterin, keine Nachbarn, keine Freundin. Gott sei Dank nicht.

»Aber sicher bist du hier nicht. Früher oder später werden sie kommen, und ein Fenster zum Garten habe ich nicht. Sie brauchen sich nur vor die Eingangstür zu stellen, und schon haben sie dich.«

Er ärgerte sich sofort über seine Schwarzmalerei. In Panik, hatte sie gesagt, in Panik, war das überhaupt denkbar bei ihr? Konnte diese ruhige Festigkeit Täuschung sein? Nein, Gott sei Dank keine Freundin. Er mußte an die Frau in Holland denken, die schon seit zwei Jahren ständig um ihn war, fest entschlossen, ihn zu heiraten. Ihr Interesse an seiner Person und ihre sanfte Art, auf ihn einzuwirken, bedrückten ihn. Er fühlte sich ihr nicht gewachsen, war wehrlos gegen ihre Aufmerksamkeiten und Briefe, die Waffen ihrer raffinierten Jagd, alles zusammen eine einzige Aufforderung, sich endlich zu verlieben. Es würde ihr doch wohl nicht in den immer fröhlichen Sinn kommen, plötzlich in Lübeck aufzutauchen? Er verwarf den Gedanken im selben Moment. Die Musterbahn war nun vollkommen still, keine Passanten, keine Autos mehr, nichts.

»Nein, Chris, so schnell werden sie mich nicht holen. Staatsfeinde sind wir ja nun auch wieder nicht, glaube ich wenigstens. Sie mögen nur keine Schauspieler, die selbst Regie führen. Hast du gesehen, wie Andreas diesen Parteibonzen angeschaut hat, wie er über ihn wegschaute, nein, wie er *ihn* wegschaute? Großartig, das hat mich gepackt und den Kerl offenbar auch.«

Chris gab ihr recht. Es war ein großer Augenblick gewesen. Die Aufführung hatte die Zuschauer mitgerissen, Applaus brandete auf, der Hauptdarsteller stand allein an der Rampe. Er schaute in den Saal, verbeugte sich nicht, sein Sprung kam unerwartet, wie aus einem

Impuls heraus. Andreas Bender schien über sich selbst hinauszuwachsen, ein Riese, der zum Schlag gegen den Abschaum in der ersten Reihe ausholte. Das totenblasse, schweißbedeckte Gesicht, verlaufene Wimperntusche auf den Wangen, das Hemd lose und offen, bedrohlich wirkte er, ein Wesen aus einer alten, untergegangenen Welt. Die Kraft des nicht ausgesprochenen Fluches, Andreas Benders wortlose Anklage. Er stand wieder auf einer Seifenkiste, auf der winzigen Bühne im Eßzimmer seiner Eltern, wo seine Schwester mit zwei Taschenlampen die Beleuchtung besorgte. All die Stunden voller Leidenschaft und Triumph, sie mußten sich in diesem Augenblick zusammengeballt haben. War es schon zu spät, nein, es ist noch nicht zu spät! Schaut mich an, ich bin der Mensch voller Todesangst, das verlorene Leben, die unvollendete Zeit. Geht fort, befreit euch, folgt nicht mehr dem schwarzen Mann hier. Die Schufte marschieren, bleibt ihr um Himmels willen stehen, verlaßt die Kolonne, macht euch davon. So stand er dort, Andreas Bender, der Regisseur ohne Stück und Ensemble. Vollkommen durchgedreht, fertig, verraten und verkauft. Eine Wachspuppe, weich und wehrlos, mühelos aus dem Weg zu räumen, kein Gegner für Parteibonzen und ihre Knechte. Säle voller Menschen, Stadien voller Menschen, Divisionen, Armeen und morgen die ganze Welt.

»Ich hatte Angst, daß man ihn auf der Stelle verhaften würde. Eine Provokation wie diese habe ich selten erlebt, Julia.«

Sie sah ihn erstaunt an, nahm einen Schluck aus ihrem Glas, stellte es langsam ab. Jede Bewegung geschmeidig und sicher. Chris spürte ihre Überraschung, sie merkte wohl, daß sie ihn unterschätzt hatte und er mehr ahnte, als sie gedacht hatte. Sie hatte die Lage bagatellisiert, aber er wußte, daß ihr Bruder und sie eben doch Staatsfeinde waren. Und daß Freunde von Staatsfeinden selbst verdächtig waren und fortgeschafft wurden, wußte er auch. Es war riskant, ihr Unterschlupf zu gewähren, es war riskant, mit ihr Kontakt zu halten, er wußte es und tat es dennoch. Sie wirkte gerührt, schien kurz davor zu sein, ihm um den Hals zu fallen, blieb aber ruhig sitzen.

»Schau mich nicht so an, Chris, mein Glas ist leer, ändere das bitte, jetzt ist noch Zeit.«

Sie gab sich Mühe, ihn abzulenken von dem Gedanken an die bevorstehende Nacht, versuchte, leicht und locker darüber hinwegzugehen. Bald würden sie schlafen gehen müssen. Chris fühlte den Moment kommen, wollte bestimmten Vorstellungen keinen Raum geben, er würde ihr ruhig eine gute Nacht wünschen. Er sah, wie Julia sich klein machte, sich betont fröhlich gab. Wie nebenbei fragte sie nach ihrem Bett. Sagte, daß sie am Morgen wahrscheinlich schon fort sein werde, wenn er aufwachte. Die Taktik des geordneten Rückzugs beherrschte sie meisterlich.

Die Nacht, die Ruhe auf der Straße, Mattigkeit. Chris zeigte ihr die kleine Nische hinter der Küche, in die genau eine Matratze paßte. Hörte, wie sie einen Küchenstuhl verschob, unter die Decke kroch, das Licht ausknipste. Daß sie dort lag, in dem winzigen Raum nebenan. Erst gegen Morgen schlief er ein.

6

Dudok schreckte aus seinen Gedanken auf, wußte einen Moment nicht, wo er war, ging weiter. Es war eher ein Vorantasten als ein Gehen, unbeleuchtete Wege war er nicht gewohnt. Er mußte jetzt fast am Bahnübergang sein, dachte er. Eine Vorortbahn, er rechnete nicht mit einem Zug. Der dann doch kam, als Dudok noch fünfzig Meter von der eingleisigen Strecke entfernt war. Bestimmt der letzte Zug dieser Nacht, es war halb eins. Ein paar beleuchtete Abteile, aufgereihte Wohnzimmerchen. Gestikulierende Menschen, ein Mann, der eine Zeitung las, alles sehr klar abgehoben gegen die Nacht. Auf diesem Stück fuhren die Züge nicht schnell, Chris zählte unwillkürlich die Wagen. Die kleine Karawane strahlte fast so etwas wie Gemütlichkeit aus, die den Wunsch weckte, sich anzuschließen. Nur daß ihm der Sinn für Gemütlichkeit abhanden gekommen war.

Chris ging mechanisch weiter, an dem rotweißen Andreaskreuz vorbei. Mitten auf dem Gleis blieb er stehen und schaute den Schlußleuchten des Zuges nach, hörte das leiser werdende Tacken der Räder auf den Schienenstößen. Jahre seines Lebens fuhren da von ihm weg. Wie lange dauerte die Fahrt nach Lübeck? Zehn Stunden waren es vor dem Krieg gewesen bis Berlin. Acht Stunden bis Lübeck, schätzte er. Seit '38 war er nicht mehr dort gewesen. Nach der furchtbaren Nacht, in der er sie verzweifelt gesucht hatte, gefunden und verloren. Und dann geflohen war, Hals über Kopf, all seine Sachen in ein paar Koffern verstaut, Miete für einen weiteren Monat bezahlt, in der Hoffnung, daß sie in seine Wohnung einziehen könnte, wenn sie wieder auftauchte.

Diese Nacht, Kristallnacht, der Klang seines eigenen Namens darin; wer damals kein Haus hatte … Die Reue war seine ständige Begleiterin geblieben, Reue, weil er sich hatte fortschicken lassen und nicht bis zum Äußersten gegangen war. In jenen chaotischen Novembertagen waren die schwachen Lichter über den letzten kläglichen Resten von Anstand endgültig erloschen. Kristallnacht, wie festlich das klang, man sah brennende Kerzen und Kristallgläser auf einer schön gedeckten Tafel vor sich, das bürgerliche Klischee von Gemütlichkeit. Es war ein klein wenig anders gewesen. Ja, gebrannt hatte vieles, nur keine Kerzen. Gedeckte Tische, Stühle, Läden, Häuser, Synagogen, Juden. Das alles brannte ausgezeichnet. Auf den Straßen Stiefelhorden, die genau wußten, wohin, und genau, wann. Und die Zuschauer hatten sich hinter dumpfem Schweigen versteckt, hinter nie wiedergutzumachendem Abwarten.

Wenn er daran dachte, erinnerte er sich seiner eigenen Feigheit. Nicht, daß ein Ausländer etwas hätte ausrichten können. Aber überhaupt nichts zu tun, alles zu ignorieren, die Hände tief in den Taschen vergraben und den Kragen hochgeschlagen? Er war auf der Straße gewesen in der Nacht des 9., am frühen Morgen des 10. November. Drinnen hatte er es nicht ausgehalten. Die saugende Spannung, das Rennen und Hasten vor seinem Fenster, das Geschrei, die Wände schienen durchlässig. Zwei Uhr war es gewesen, dunkel und bitterkalt. Er hatte die Tür hinter sich geschlossen und war losgezogen. Nicht in die Richtung, in die so viele aufgeregte Männer stampften, SA und SS, mit drohenden Gesängen. In der Ferne erleuchtete Feuerschein den Himmel; als er sich umdrehte, sah er weitere Brände. Eilig ging er zu der Wohnung, von der Julia gesprochen hatte, zu den Nachbarn ihres Bruders. Er wagte sogar zu klingeln, es schlief ja doch niemand. Julia war nicht da, sie sei am Vortag weggegangen, ohne zu sagen, wohin. Natürlich, sie lebte ein Leben voller Heimlichkeiten, keine Absprachen, keine Spuren. Wenn es Chris hin und wieder gelang, mit ihr in Verbindung zu treten, dann deshalb, weil sie ihn brauchte. Und liebte? Manchmal glaubte er es, manchmal war er sich sogar sicher, manchmal zweifelte er.

Die braunen Bataillone, Horst Wessel überall, die Straße frei, den Synagogen zu. Feuerwerk, was für ein Feuerwerk! Nie war ihre Fahne höher geflattert, nie war ihr Schritt ruhiger gewesen. Chris drängte sich durch die Menge auf dem Bürgersteig, zurück zu seiner Wohnung. Ohne Julia, ohne Hoffnung, ohne das kleinste bißchen Zuversicht.

Er wußte nun, was Raserei war, er hatte es gehört und gesehen. Der Tag für Freiheit und für Brot bricht an, sangen die Pyromanen, die braven Soldaten. Singend verließen sie die verwüsteten Geschäfte, singend, prahlend, brüllend schlossen sie die Reihen.

Er hatte überall gesucht, wo sie sich einmal getroffen hatten. Beim *Café Elsaß* hatte er sinnlos an die Tür gehämmert, durchs Fenster nach ihrem Tisch gespäht. Sie war nirgends.

Die letzten Meter bis zu seiner Wohnung, fünf Uhr morgens, er war todmüde. Dann sah er sie, an die Haustür gelehnt, fast nicht zu erkennen in ihrem langen dunklen Mantel, eine Mütze tief in die Stirn gezogen. Sie stand nur da, sagte nichts, schaute ihn an. Er hätte schreien mögen. Daß er sie stundenlang gesucht und wo um Himmels willen sie gesteckt habe.

»Da bist du ja«, sagte er statt dessen, fast tonlos.

Er schob sie ins Haus und in sein Zimmer, half ihr aus dem Mantel, nahm ihr die Mütze aus der Hand. Das Dunkel, unbestimmte Geräusche auf der Straße, Möbel, die unverrückbar an ihrem Platz standen, der Raum zog sich zusammen zu ihrer Umarmung. Ihre Hand an seinem Hinterkopf, seine Hände an ihren Wangen, klopfende Stille, Wärme breitete sich um sie aus. So war keine Nacht je gewesen, hatte kein Tag je begonnen. Mord und Brandstiftung waren bestellt und ausgeführt und von niemandem verhindert worden. Mord und Brandstiftung waren die Parole, der Code dieses Landes. Lieben konnte man noch in Höhlen und Alkoven und verdunkelten Zimmern.

Schweigend, eng umschlungen lagen Chris und Julia und dachten nicht mehr. Sahen, wie das Tageslicht kam, ins Zimmer kroch, ihre Gesichter erreichte. Schlaf war etwas für Dumme, für Leute, die arbeiten mußten, für Knollenberg und seine Ingenieure, für die SA nach Erledigung ihres Auftrags. Sie sprachen nicht, worüber hätten sie auch sprechen sollen. Erst als sie fortging, erst dann sagte sie noch etwas. Es war das Schlimmste.

»Verschwinde so schnell wie möglich, Chris. Fahr zurück nach Hause. Ich komme schon durch, ich kann nicht fort von hier, ich will nicht fort.«

»Komm mit mir nach Holland, Julia. Du mußt mitkommen.«

»Irgendwann vielleicht, jetzt noch nicht. Du mußt sofort wegfahren, es ist mir ernst damit. Und du darfst mich nicht suchen. Versprich mir, daß du noch heute abreist, du bringst mich in Gefahr, wenn du bleibst.«

Das Zittern eines Beils im Hackklotz.

Er widersprach nicht, versuchte nicht, sie umzustimmen. Drückte sie an sich, strich ihr übers Haar, über die Augenbrauen. Sie legte ihren Zeigefinger auf seinen Mund.

Dann ging sie fort, drehte sich noch einmal um. Und er sagte: »Ich liebe dich, kleine Ingenieurin.«

Ihr traurigstes Lächeln war die Antwort.

7

Der Zug zurück. Es gab kein Zurück. Es gab nur Flucht, Niederlage, Abscheu. Er besaß nicht einmal ein Foto von ihr, mußte sich mit der Erinnerung an ihre Hände begnügen, an ihre dunklen Brauen, über die er mit den Fingerspitzen gestrichen hatte, an das Streicheln auf seinem Rücken, ihren Atem an seinem Hals. Eine Zauberschachtel voll kleiner Gebärden, die er mit auf seine Reise nahm. Ankommen würde er nirgends mehr.

Er war erschöpft, als sein Zug Punkt sieben Uhr abfuhr. Eilig und leise hatte er seine Wohnung verlassen, dann hatte er Knollenberg von seiner Abreise in Kenntnis gesetzt. Er war nicht mehr zu den Lubecawerken gefahren, sondern hatte den Direktor angerufen und gebeten, all seine Bekannten in der Firma zu grüßen. Knollenberg schien gar nicht überrascht zu sein, er klang auffallend verständnisvoll, sogar ein wenig besorgt. Chris möge bitte seinem Vater die besten Grüße übermitteln, und er hoffe auf ein gesundes Wiedersehen. Er wünsche ihm für die Zukunft viel Erfolg.

Chris nahm den frühesten Zug in die Niederlande. Der Lübecker Bahnhof war ein kleiner Backsteinpalast mit einem grünen Dachreiter, Türmchen mit grünem Helm und einem gewellten Vordach unter hohen Bogenfenstern. Von dem, was kurz zuvor geschehen war, merkte man hier nichts, keine Anzeichen einer Katastrophe, keine Spuren organisierter Plünderungen. Allmählich wurde es hell, ein blaßblauer Himmel zeigte sich über der Altstadt, die spitzen Türme der Marienkirche ragten hoch über den Häusern auf.

Alles, was er auf dem kurzen Weg von der Musterbahn zum Bahnhof sah, hatte ihm weh getan. Er ging durch die schon belebte Mühlenstraße, kam zur Kreuzung am Kohlmarkt, wo er mit Julia gesessen hatte, aber er schaute nicht hin. Am *Café Elsaß* vorbei, er schaute nicht hin. An dem scheußlichen Holstentor vorüber, wo die Aufmärsche der Braunhemden begonnen hatten. Hastig schleppte er die schweren Koffer, mußte immer wieder stehenbleiben, um zu Atem zu kommen, und schaute sich nicht um. Sich nicht mehr umschauen als nötig, nicht mehr sehen als nötig.

»Verschwinde so schnell wie möglich, Chris. Du bringst mich in Gefahr, wenn du bleibst.«

Die Zeitungsverkäufer riefen ihre Blätter aus, die ersten Geschäfte öffneten ihre Türen, die Züge fuhren pünktlich. Alles lief wie ein Uhrwerk, reibungslos, er wurde nicht aufgehalten, nicht festgehalten. Ein Fremder auf dem Weg nach Hause, ein seriöser Herr. Das Uhrwerk war das einer Zeitbombe; vier Jahre später gab es die Altstadt nicht mehr, war sie zertrümmert, pulverisiert, das *Café Elsaß* dem Erdboden gleichgemacht.

Die Türme über der Altstadt hätte er noch lange sehen können, wenn er gewollt hätte. Aber er wollte nicht, drehte sich vom Fenster weg, ertrug nicht den Anblick der Landschaft. Vor jeder Station beschloß er, auszusteigen, umzukehren, sich zu widersetzen. Aber er tat nichts, ließ fügsam die Stunden verstreichen. Solange er durch Deutschland fuhr, erschrak er jedesmal, wenn die Abteiltür geöffnet wurde.

»Du bringst mich in Gefahr«, hartnäckiger Refrain zum rhythmischen Stampfen der Waggons. Je näher er der holländischen Grenze kam, desto größer wurden seine Zweifel, ob er Julia richtig verstanden hatte. Konnte sie das wirklich gesagt haben, oder bildete er es sich nur ein? Hatte sie ihn fortgeschickt, weil sie an ihm zweifelte? Nicht so sehr an seiner Liebe; vielleicht war er in ihren Augen zu schwach, fehlte es ihm an Entschlußkraft, an festem Boden unter den Füßen. Er hätte ihre Freiheit eingeschränkt, verlangte zuviel, wollte zuviel. So mußte es sein, er hatte sie falsch verstanden, sie hatte gemeint, daß er sie in Gefahr brachte, weil er sie bremste, sie zum Stillstand bringen würde. Sie wollte ihn nicht für immer in ihrem Leben haben. Sie wollte sich vor ihm schützen, sein Interesse an ihr, seine Liebe trieben sie in die Enge. In ihrem Deutschland war kein Platz für ihn. Begreif das doch, Chris. Verschwinde, vergiß.

Aber ihre Hände, ihre Augen, ihre Umarmung? Dort hörten seine Zweifel auf, dort gab es nur noch den frühen Morgen nach dem Brand, Julias wortlose Antwort.

So müde, wie er abgefahren war, kam er in der Stadt seiner Eltern an, der Stadt der Fabrik. Beim Aussteigen zerzauste der Wind seine Haare. Niemand beachtete ihn, wie er da auf dem Bahnsteig stand. Nur ein Gepäckträger witterte die Gelegenheit. Es war der 11. November 1938, drei Uhr nachmittags. Mühsam, steif, die lange Zugfahrt im Rücken und in den Beinen, folgte er dem Mann, der seine Koffer auf eine hölzerne Sackkarre geladen hatte. Zum Gefängnis, in den Koffern die wenigen Dinge, die er dorthin mitnehmen durfte, so fühlte es sich an: als würde er ins Gefängnis eingeliefert. Und so kam es auch. Einzelhaft.

Wo waren sie, seine Philosophen? Wo waren seine Helden, die Meister der Verneinung? Gerade jetzt hätten sie ihm doch helfen müssen, dem Heimatlosen, der sich durch die Kulissen der Geschichte schleppte und sich fassungslos nach einer verlorenen Geliebten umblickte. Aber Julia war stärker als alle Systembauer und Wortmagier. Wieder überfiel ihn die alte unverstandene Leere, das vertraute Gefühl des Verlusts. Er konnte das kaum in Worte fassen, es ließ sich nicht beschreiben: dazusein und doch nicht dazusein.

Seine Gedanken machten ihn frösteln, während er sich auf den Ausgang des Bahnhofs zubewegte. Wäre er doch Gepäckträger, wäre er doch der Lokführer, der den Zug nach Lübeck zurückfuhr, wäre er doch bei Julia. Er ging durch den Park gegenüber vom Bahnhof, zum Haus seiner Eltern, ihren fragenden Blicken entgegen. Antworten würde er nicht, von dieser Flucht sollte niemand erfahren.

8

So stand Dudok auf dem Bahnübergang, unbemerkt von den Menschen, die der Bummelzug eben in die Nacht hinaus getragen hatte, seine letzte.

Der Zug kam außer Sicht, aus der Ferne hörte er noch das Läuten am nächsten Übergang, sie fuhren weiter, Menschen mit einem Ziel.

Er setzte sich in Bewegung. Gehen konnte man es nicht nennen, er war ein Apparat mit Gliedmaßen. Der Weg führte unausweichlich zu seinem Haus. Van Dijk würde schon daheim bei seiner Frau sein, und der Wolseley, auf den er so stolz war, sicher hinter der verschlossenen Garagentür. Es war doch egal, daß der Terminkalender noch hinten im Wagen lag? Er versuchte, sich zu erinnern, ob es darin einen Vermerk gab, der jemanden auf eine Spur bringen könnte. Wohl kaum. Selbst in seinen persönlichsten Notizen schwieg er über Julia.

Sie würde mit ihm verschwinden. Niemals war sie ihm näher gewesen als in diesen letzten Wochen. Es hatte Jahre gegeben, in denen er sie ferngehalten, sie in die hintersten Winkel seiner Erinnerung verbannt hatte. Auf Zeit, auf kurze Zeit. Immer wieder tauchte sie auf, ihre Anwesenheit wirkte lähmend, die gewöhnlichsten Tätigkeiten überforderten ihn. Gehen zum Beispiel, gehen in einer Gegend ohne Licht, er hatte fast das Gefühl, nur herumzuirren. Er blieb wieder stehen, mußte erst zu

Atem kommen, seinen Kurs korrigieren. Er spähte angestrengt, irgendwo dort mußte sein Haus stehen.

»Wer jetzt allein ist, wird es lange bleiben ...«

Eine Kirchturmuhr schlug, die erste Stunde dieses Sonntags war vergangen. Es war entschieden, heute würde es geschehen, einmal hatte er es aufgeschoben, aber er würde es kein zweites Mal tun. Es hatte keinen Zweck mehr, Schluß mit dem Weiterstolpern, den Selbstgesprächen ohne Sinn, den leeren Himmeln.

»Guten Abend, Herr Dudok!« Aus dem Nichts war das Mädchen auf dem Fahrrad aufgetaucht. Lot, die Tochter seiner Nachbarn, höchstens siebzehn, auf dem Heimweg. »Sie sind noch spät draußen.«

»Es ist so warm, ich wollte ein bißchen spazierengehen, aber es ist stockdunkel hier. Würdest du mir ein bißchen leuchten mit deiner Fahrradlampe? Sonst finde ich nie nach Hause.«

»Geht es Ihnen nicht gut, Herr Dudok?«

»Mir fehlt nichts, wirklich, gar nichts.« Ein richtiger Schatz, dieses Mädel. Er wünschte ihr von Herzen alles Gute, am liebsten hätte er sie noch in seinem Testament bedacht. Warum eigentlich nicht? Würde das gültig sein? Nein, das ging natürlich nur über den Notar, zu spät also. Sie würde es auch nicht verstehen, und ihre Eltern würden alles mögliche dahinter vermuten. Sie konnten ja nicht wissen, wie angenehm es war, in einer solchen Nacht von einem leise plaudernden Mädchen nach Hause geführt zu werden.

Er hatte seine Hand auf den Lenker gelegt, den sie an der anderen Seite festhielt. Das Fahrrad zwischen ihnen, das schwache Licht des Lämpchens, bei Schrittempo nicht viel mehr als die Glut einer Zigarette, das Surren des Dynamos am Reifen. Ohne die kleinste Unsicherheit fand sie den Eingang zu *De Venhorst*, führte ihn auf die Zufahrt, der Kies knirschte.

»Gehst du oft so spät aus?«

»Spät? Heute bin ich früh zu Hause, Herr Dudok. Nur weil ich um sechs aufstehen muß, wir fahren in Urlaub.«

Es freute ihn zu hören, daß seine Nachbarn verreisen würden, es freute ihn sehr. Erst in ein paar Wochen würden sie es erfahren, wenn sich die Aufregung gelegt hatte, wenn in der Gegend längst wieder der Alltag eingekehrt war.

»Wohin geht ihr abends?«

»Meistens ins *Helios*, da sind nette Leute, und man kann bis drei Uhr nachts tanzen.«

»Tanzt du mit jedem oder nur mit wenigen oder nur mit einem?«

»Mit einem, Herr Dudok. Schon seit Monaten nur mit einem, das wollte ich eigentlich nie, aber er ist schrecklich nett.«

Dudok schwieg und setzte sich in einen geflochtenen Gartenstuhl nah am Weiher. Fragte, ob sie ihm nicht ein Weilchen Gesellschaft leisten wolle, wenn es doch noch nicht so spät sei. Die Grabesstille des Hauses, die Wärme, er wollte noch nicht hineingehen. Das Mädchen schaute ihn neugierig an. Er konnte es sehen, weil sie jetzt im Lichtkreis der Haustürlampe waren. Van Dijk hatte sie eingeschaltet. Auch oben brannte Licht. Die Vorhänge waren geöffnet, aber das verschlossene Haus stieß ihn jetzt ab, es hatte nichts Einladendes an sich.

»Erzähl doch mal, was ihr so alles macht in diesem *Helios*. Tanzen und was sonst noch?«

»Wir trinken Wein, rauchen, reden, und natürlich läuft Musik. Also nichts Besonderes, es ist proppenvoll, man versteht sein eigenes Wort kaum, an Ihrer Stelle würde ich da nicht hingehen.«

Er lächelte, die bloße Vorstellung war schon komisch. Das fand Lot wohl auch, denn sie lachte laut. Ganze Schwärme von Mücken hingen über dem Wasser.

»Ungefähr so wie das Gewimmel der tanzenden Mükken da, so ist es, wo ich mit Mark hingehe, sehen Sie?« Sie zeigte auf den Weiher.

Unwillkürlich folgte sein Blick der zeigenden Hand. Er sah die lackierten Nägel, ein einfaches goldenes Armband an ihrem Handgelenk.

»Heißt er Mark?« Er wollte das Gespräch in die Länge ziehen, die Stunden füllen.

»Mark Blinkert, er ist auf der Schauspielschule, spielt aber schon in Fernsehserien mit. Sehen Sie viel fern, haben Sie ihn vielleicht schon mal gesehen?«

Er schüttelte den Kopf.

»Neulich erst hat er eine kleine Rolle in einem Kriegsfilm gehabt. Ein Bomber auf dem Weg nach Deutschland – wußten Sie, daß da nachts ganze Städte weggebombt worden sind?«

Das wußte er, allerdings. Lübeck, Lübeck. Immer wieder, gerade wenn er sich einreden wollte, er hätte all diese Dinge mit den Jahrzehnten in Holland zugedeckt wie mit Beton. Immer in Zeiten der Unruhe, etwa während der Krankheit seiner Frau und bei ihrem Tod. Und immer ihre Kristallnacht, ihr Scherbengericht.

Seine Frau lag im Sterben, aber er war mit seinen Gedanken nicht bei ihr, sosehr er sich auch bemühte. Während er neben dem Bett mit ihrem ausgemergelten Körper saß, drängte sich ungeniert Julia auf.

Ein paar Tage nach der Einäscherung waren van Dijk und er nach Ellecom gefahren, die Urne stand neben ihm auf dem Rücksitz. Es war November und unfreundliches Wetter. Abgefallene Blätter, wohin man schaute. Der Motor brummte fast unhörbar, van Dijk fuhr im vierten Gang im Schneckentempo, wie in einem Trauerzug. Was es ja auch war.

Der Friedhof von Ellecom, gab es etwas Schöneres? Dudok liebte diesen Ort, seine Eltern lagen hier, er selbst hatte schon vor langer Zeit ein Grab für sich und seine Frau reservieren lassen. Wobei er nicht damit gerechnet hatte, daß sie vor ihm sterben würde, und erst recht nicht, daß sie eingeäschert werden wollte. So hatte er ja nun reichlich Platz.

Von weitem sahen sie einen Friedhofsarbeiter zwischen den Gräbern. Wahrscheinlich hatte er die Beisetzung vorbereitet. Van Dijk parkte das Auto neben der Hauptstraße. Sie mußten einen Sandweg hinauf und die Bahn überqueren, dort, gleich neben den Schienen, lag der kleine Friedhof. Zwei Trauerbirken, ein paar Alleen mit Grabsteinen, eine Hecke, eine Mauer mit Tor.

Hier versöhnte man sich umgehend mit dem Tod. Man bekam geradezu Lust auf ihn. Hinter dem Friedhof der Waldrand, an einer Seite die Bahn, ringsum roch man die Natur.

Dudok und van Dijk. Der die Urne trug. Schweigend den Weg hinauf, schweigend durchs Tor, schweigend nebeneinander vor dem offenen Grab.

»Wenn Sie die Urne hineinstellen würden, van Dijk.«

Genau in diesem Moment fuhr ein Zug vorüber, und van Dijk zuckte mit den Schultern zum Zeichen, daß er nichts verstanden hatte. Er machte auch keine Anstalten, in das Grab hinunterzusteigen, das ziemlich tief war. Dudok hielt seinen Hut fest, der Luftzug fegte über die Gräber. Als die letzten Wagen vorbei waren, schaute sein Fahrer ihn fragend von der Seite an. Dudok starrte vor sich hin.

»Möchten Sie sie selbst hineinstellen, Herr Dudok?«

Er antwortete nicht.

Wie sie sich an die Tür gelehnt hatte im Noch-nicht-Licht der frühen Morgenstunde, um fünf Uhr. Ihr Gesicht fragend und dunkel zugleich. Dieser Augenblick, dem er nie mehr entkommen sollte, der Augenblick vor der Tür zu seinem Lübecker Wohnhaus, als er wußte: Sie würden hineingehen und sich bis zum Sonnenaufgang lieben.

»Besser, Sie machen es, van Dijk – meine Hüfte.«

»Ja, ja, wohl mit dem Engel gerungen«, murmelte der bibelfeste van Dijk, ohne zu wissen, wie nah er der Wahrheit kam. Wenn auch Dudoks Engel von anderer Herkunft war.

Julia, die in seinem Kopf ein und aus ging, damals und unzählige Male danach, es gab kein Entrinnen. All die

Monate, in denen er darauf hingelebt hatte, darum gekreist war, verlangt hatte, gehofft, aufgegeben und wieder gesucht. Endlich in ihren Armen, endlich ihre Hand auf seiner Haut. Sechs Uhr, sieben, acht, das erste Licht, nur langsam lösten sie sich voneinander. Kleider, wo waren ihre Kleider, wie spät war es, war da jemand an der Tür, niemand, noch niemand.

Die Musterbahn belebte sich, anscheinend später als sonst, obwohl es ein Werktag war, Donnerstag. Vielleicht war man müde. Hatte womöglich Juden verschleppt, Läden verwüstet, eine Synagoge geplündert? Wer hatte verschlafen, wer war erst tief in der Nacht zu Bett gegangen, wie viele dachten daran, daß der Rubikon überschritten war, die Würfel gefallen? Julia, Chris, sie beide dachten daran. Sie fügten sich nahtlos aneinander. Federleicht waren sie, losgelöst, um sie herum lag die Welt in Scherben.

Van Dijk, die Urne unter den Arm geklemmt, ging in die Knie und schwang sich vorsichtig ins Grab hinunter, einen großen Betonbehälter mit Platz für zwei, sehr viel Platz. Ein wenig ratlos blickte er zu Dudok hinauf. Der mußte sich das Lachen verbeißen und faßte sich an die Hüfte.

»Etwas weiter links, van Dijk, ich muß auch noch hinein.« Fröhlich, auf seine Weise. Während der Fahrer wieder herauskletterte, bat Dudok ihn zu warten, er wollte noch einen kurzen Gang über den Friedhof machen. Julia vertreiben. Hier und jetzt an sie zu denken – er hatte einen üblen Geschmack im Mund, den er loswerden mußte.

Dudok ging an den Gräbern entlang, seine Eltern lagen hier unter schiefergrauem Stein, ein Grab wie sein eigenes. Von wem wurde dieser Friedhof so gepflegt? fragte er sich. Ein paar Stufen zu einem höhergelegenen Teil, ein bekiestes Rondell, in der Mitte eine Trauerbirke. Auf einem weißen Marmorkreuz las er: »Wir haben einen Fürsprecher bei Unserem Vater.« Was sollte das heißen? Großsprecherei, es stieß ihn ab. Die schmale Kiesallee, die den Friedhof teilte, verzweigte sich, gewundene Pfade führten zu den ältesten Grabsteinen. »Selig, wer als Kind von uns genommen; jung gestorben, früh zu Gott gekommen.« Ein zwölfjähriges Mädchen war dort begraben, schön, wunderbar. Selig. Es dämmerte, ihm wurde kalt. Zeit, zurückzugehen.

Lot schaute auf ihre Armbanduhr.

»Ich hatte meinen Eltern versprochen, pünktlich nach Hause zu kommen, und jetzt bin ich schon wieder viel zu spät. Ich muß los, Herr Dudok.«

»Ja, natürlich. Ich bin froh, daß du mich gerettet hast. Grüße bitte deine Eltern. Wann kommst du wieder, Lot?«

»In vierzehn Tagen, dann erzähl ich Ihnen, wie es war.«

»Und viel Spaß mit Mark.«

Sie lachte und stieg aufs Rad. Er sah sie noch winken, kurz bevor die Dunkelheit sie aufnahm.

9

Die *Heyligenstaedt*, lieber Himmel, man hatte sie gefunden! Sie war, wie sich herausstellte, bis nach Travemünde verschifft worden.

Es war der September 1945, und Chris Dudok war Eigentümer einer leergeplünderten Fabrik. Die *Heyligenstaedt* war ihre wichtigste Maschine, eine riesige Drehbank, unverzichtbar. Die Deutschen hatten sie 1944 noch abtransportiert, zusammen mit den letzten anderen wertvollen Dingen. Der Verlust der Drehbank war ein Desaster, sie waren enthauptet, die Firma am Ende. Das wenige, das sie noch besaßen, war kaum der Rede wert.

Die Monate nach der Befreiung waren alles andere als leicht. Natürlich, in den ersten warmen Wochen des Mai und Juni waren sie froh gewesen, ausgelassen, weil außer Gefahr. Aber auch arm. Jeden Tag setzte Chris mit der kleinen Seilfähre über den Ringkanal, um zu sehen, ob wieder Rückkehrer eingetroffen waren.

Die meisten seiner Leute waren zum »Arbeitseinsatz« nach Deutschland verschleppt worden. Nun meldeten sich täglich mehrere zurück, täglich stieg die Zahl derer, für die er keine Arbeit hatte. Es fehlten die Maschinen, es fehlte das Geld, es fehlten die Aufträge. Wie lange würde es dauern, bis er schließen mußte?

Irgendwann traute er sich kaum noch ans andere Ufer. Die Anlegestelle der schwankenden Selbstbedienungsfähre lag in der Nähe seines Hauses, die auf der Fabrikseite war schräg gegenüber. Maschinenfabrik, sie verdiente diesen Namen nicht mehr. Leere Lager, leere Hallen, verfallender Bürotrakt, mit dem Mut der Verzweiflung betrat er täglich das Direktionszimmer. Leerer Schreibtisch. Befreit, ja gewiß, die Besatzer waren heimgekehrt, wunderbar, die verhaßten Moffen hatten sich zum Teufel geschert. Nun fehlten noch die geraubten Sachen.

Und dann kam die Nachricht »Heyligenstaedt gefunden!«, ein Telegramm aus Deutschland von einem der Kontaktmänner seines Vaters. Er wollte irgend jemandem auf die Schulter klopfen, sah niemanden und ging schnell hinaus; am liebsten hätte er geflaggt. Er nahm die Fähre und schloß kurz darauf seine Frau in die Arme.

»Das ist der Neuanfang, jetzt können wir wieder etwas aufbauen, und wir werden es allen zeigen!« Es war einer seiner seltenen Ausbrüche von Freude. Zum ersten Mal seit Jahren hatte er wieder Hoffnung. Wegen einer Drehbank, einem blöden Stück Eisen. Aber er wußte einfach, daß sie es schaffen würden, daß mit dem Auftauchen dieses Stücks Eisen die erste Schlacht schon gewonnen war.

Seine Frau umarmte ihn wieder und wieder. »Es wird wie früher, Duud. Und vielleicht können wir, bekommen wir ...«, sie unterbrach sich und ergänzte geschickt, »jetzt schnell die ersten Aufträge.« Kinderlos waren sie, kinderlos sollten sie bleiben.

Genau ein Jahr nach seiner Rückkehr aus Lübeck hatten sie geheiratet. Unter einer Bedingung, die er gestellt hatte. Daß sie niemals Kinder bekommen durften. Diese Welt wollte er niemandem zumuten. Niemals.

Sie hatte es ihm versprochen, im Hinterkopf die Vorstellung, ihn doch noch umstimmen zu können. »Niemals« war ein so großes Wort, sie würde ihn führen, verführen, irreführen zur Not. Irgendwann würde ein Kind dasein. Aber mittlerweile zweifelte sie. Der Krieg hatte ihn in seiner Überzeugung bestärkt, und sie spürte, wie ihrer Sehnsucht langsam, aber sicher die Luft abgeschnürt wurde. Von den Jahren in seiner Nähe, von seiner Hilflosigkeit, seinem Schweigen.

Unter allem, was er sagte und tat, lag ein für sie unergründliches Schweigen. Vielleicht ein Verschweigen, dachte sie manchmal. Es mußte etwas mit dem Jahr in Lübeck zu tun haben. Auch vorher hatte er zu Sarkasmus geneigt und schwermütige Bücher gelesen, war aber fröhlicher gewesen, freier. Etwas Dunkles war an ihm und etwas Helles in Gestalt eines hilflosen Charmes – beides zusammen zog sie an. Er war nicht zu durchschauen, und gerade das ließ sie seine Nähe suchen. Sie waren nach Budapest und Paris gereist, waren gesegelt, im offenen Wagen zu Festen gefahren, er hatte mit ihr getanzt. Ansonsten hatte er die gebührende Distanz gewahrt, eine leichte Eroberung war er nicht. Nach einem endlosen Jahr der Annäherung hatte er sich davongeschlichen, nach Deutschland, Lübeck. Ohne viele Erklärungen und Gefühlsäußerungen und vor allem ohne sie.

»Sie steht in Travemünde, es wird ein Weilchen dauern, bis sie hier ist« – er dämpfte seine eigene Begeisterung. Wie um Himmels willen hatte es das Ding gerade dorthin verschlagen?

Travemünde, Sommer 1938, die Sonntage, die er am

Strand verbracht hatte. Ein Strandkorb, in den Sand eingegraben, stapelweise Bücher, ein Strandverkäufer mit Tee und Bier. In diesem Sommer war Julia verschwunden, er wußte nicht, wohin. Einmal, Ende August, war er an der Ostsee einen Tag mit ihr zusammengewesen. Sie hatte eine Nachricht beim Pförtner der Lubecawerke abgeben lassen: »Sonntag elf Uhr, Travemünde, Café Seetempel.«

Schon um zehn Uhr war er dort gewesen, in der Hoffnung, sie würde vielleicht früher kommen. Aber es wurde zwölf Uhr, ein Uhr, erst gegen halb zwei traf sie ein. Er sah sie auf dem langen Rasenstück herankommen, ruhig, sommerlich gekleidet: ein Strandhut, ihre Lieblingsschuhe aus dunkelgelbem Leder mit Schnalle, um die bloßen Schultern einen blaßrosa Schal. Er hob kurz die Hand, was eigentlich überflüssig war, denn sie hatte ihn schon gesehen. Er fragte nichts, war nur froh, sie zu sehen, ließ sich seine Unruhe nicht anmerken.

»Hallo, Chris, hältst du es aus in diesem Kurort?«

»Zuwenig hübsche Krankenschwestern hier, und man muß auf alles und jeden lange warten.«

Sie salutierte kurz. »Verstanden, Käpt'n, wird nicht wieder vorkommen.«

Es war nicht mehr vorgekommen.

Travemünde hatte wirklich etwas von einem Kurort. Die Lübecker Eleganz versammelte sich in den Freiluft-Tanzcafés, überall mischte sich Musik mit anderer Musik, Autos brachten Männer im Smoking und Frauen in eleganten Kleidern, auf See lagen Segelboote vor Anker, hin und wieder landete ein kleines Wasserflugzeug auf den Wellen. Er sah nur wenige Uniformen, die eiserne Disziplin des Landes schien so nah an der Küste ihre Macht zu verlieren. Man unterwarf sich dem Regime der Sonne, ein Morgen existierte nicht, Violinen gaben den Ton an. Als sei es hier am Wasser der Ostsee verboten, von Krieg zu sprechen oder auch nur an ihn zu denken.

Restaurant und Café *Seetempel*, mit der Flagge am hohen Mast, nah am Rand eines steilen Kliffs. Am äußersten Rand Deutschlands. Sie hätten sich hinunterfallen lassen können, zwei Schritte weiter, und sie wären befreit gewesen vom allgegenwärtigen Wahn. Der Radiomann war eine Katastrophe. Dann doch besser holländische Verhältnisse, das endlose Palaver, die Unfähigkeit, der Kompromiß. Alles besser als die völkische Lüge, dieses Besessensein von Mythen, von Blut und Boden und Lebensraum, die wahnwitzige Vorstellung von rassischer Überlegenheit. Ekel war es, was er empfand, Abscheu, auch Angst.

Er stand auf, wußte nicht, ob er es wagen konnte, sie zu küssen, nahm ihre Hand und beugte sich darüber. Sie schaute auf seinen Kopf, sein schwarzes, glatt zurückgekämmtes Haar. Gleich darauf saßen sie zusammen am Tisch. Es war voll auf der Terrasse, Kellner eilten lautlos hin und her. Das Buch, das sie mitgebracht hatte, legte sie auf den Stuhl neben ihrem eigenen. Glänzender Umschlag, Rilke, *Das Buch der Bilder*. Sie sprachen nicht viel, tranken ihren Fruchtsaft, dann bestellte er Weißwein und fragte, ob sie etwas zu essen haben könnten. Manchmal bauschte der Wind die Tischdecken, Möwen segelten träge vorüber – nirgends Vorzeichen von was auch immer.

In seiner Erinnerung waren diese Nachmittagsstunden die zartesten und hellsten seines ganzen Lebens.

»Wo bist du in all den Wochen gewesen, Julia?« Er gab sich Mühe, die Frage beiläufig klingen zu lassen.

»Bei Freunden von Andreas, im Schwarzwald. Ich fand es ratsam, eine Weile unauffindbar zu sein, und dann ist man dort gut aufgehoben. Ich hatte gar nicht gewußt, daß es in Deutschland noch derart abgelegene Dörfer gibt. Wo die Leute ihren eigenen Kopf haben und sich von den Herren in Berlin nicht im geringsten beeindrucken lassen.«

Sie hatte gehofft, mehr über das Schicksal ihres Bruders in Erfahrung zu bringen. Buchenwald, in der Nähe von Weimar, von Goethe und Schiller, das klang romantisch. Mittlerweile herrschte dort das Diktat der Peitsche. Der Ort konnte einem nicht geheuer sein, sie hatte verstörende Gerüchte gehört, mehr hatte ihre Reise nicht ergeben.

Andreas und Julia, verwaist, aufeinander angewiesen und eingespielt, er der Seßhafte, sie die Vagabundin.

Auch nach Weimar war sie gefahren. Hatte nichts herausfinden können, war herumgewandert und hatte von weitem das Lager gesehen. Harmlose Baracken im Sonnenlicht, auf den ersten Blick nichts Verdächtiges. Irgendwo auf dem Gelände mußte Andreas sein, sie konnte sich ihn dort nicht vorstellen, es hatte etwas Unwirkliches, daß er so nah und zugleich unerreichbar sein sollte.

»Unser letztes Gespräch, in der Nacht nach der Vorstellung – es hört nicht auf, es geht in meinem Kopf immer weiter. Eigentlich schön. Unsere ganze Jugend wird wieder lebendig, unsere unverschämt glückliche Jugend. Das heißt bis zum Tod unserer Eltern, danach wurde alles anders. Aber der Boden, auf dem wir stehen, ist solide, von unseren Kinderfüßen festgestampft.«

In Wellen kam ihre Geschichte, in Bruchstücken, die Chris aufbewahrte.

An jenem Morgen in Andreas' Wohnung im Schwans Hof hatte sie die Stiefel schon von weitem gehört. Die Akustik der schmalen Gassen im Domviertel war nicht gut für die Nachtruhe, aber für den, der Gefahr witterte.

»Hab ich dir erzählt, wie unglaublich ruhig er damals gehandelt hat? Meinen Mantel nehmen, mein Glas und den Aschenbecher in einen Schrank stellen und mich zum Fenster hinausschieben, das war alles eins. So schnell, wie ein Vorhang fällt, er war sein eigener Bühnenarbeiter. Ich vermisse ihn so. Ich vermisse seine Stimme, seine leuchtenden Augen.«

»Man wird ihn schon wieder freilassen, Julia. Was für eine Anklage soll man sich denn ausdenken?«

»Das haben die nicht nötig, Chris. Anklagen sind überholt. Ins Lager kommt man schnell, aber wieder heraus nur selten. Ich versuche, den Mut nicht zu verlieren, ich habe ihm Briefe geschrieben, nur bezweifle ich, daß sie ankommen. Freunde in Weimar haben versprochen, sich bei mir zu melden, sobald sie etwas hören.«

Sie gingen nach Travemünde zurück, der Strand war von Familien bevölkert, die Menschen wirkten fröhlich.

Es waren die letzten Augusttage, verfliegender Sommer. Chris schaute sie von der Seite an, mußte gegen die Versuchung ankämpfen, nach ihrer Hand zu greifen. Sie schien nichts davon zu merken, redete, war dann wieder still, fragte ihn, wie er den Sommer verbracht habe. Manchmal berührten sich ihre Arme, ab und zu blieb sie kurz stehen und tippte ihm auf die Schulter, um ihm etwas zu zeigen. So verging der Nachmittag, ihr Spaziergang endete am Hafen, wo es mit der Ruhe vorbei war, aus verschiedenen Richtungen drang Musik auf sie ein. Seltsame Stunden, ohne Perspektive, ohne Kontur, er fühlte sich vollkommen sicher und wußte doch, daß ihn sein Gefühl täuschte.

Er mußte verhindern, daß sie jetzt plötzlich den nächsten Zug nahm. In der Nähe des Bahnhofs kannte er ein Café, und bevor sie etwas dagegen sagen konnte, führte er sie dort hinein. Es war nicht allzu voll. Die meisten Leute saßen noch am Strand oder spazierten am Wasser entlang, um zu sehen und gesehen zu werden. Die Korbstühle und Tischchen mit den kleinen Palmengruppen dazwischen, die Musik des Salonorchesters, alles vermittelte den Eindruck, daß es keinen Grund zur Sorge gab. Welchen Grund hätte es auch geben sollen? Freundliches Sonnenlicht, ruhige See, eine sanfte Brise, flanierende, braungebrannte Frauen und Männer. Sonntägliche Befreiung vom Tatendrang der Arbeitswoche. Hier herrschte Frieden wie nie zuvor, paddelten die Kinder in ihren Kanus, segelten die jungen Männer, plauderten die Mädchen. Nichts konnte harmloser sein, niemand glücklicher.

Strohhut, Strohhalm, Strohfeuer, Maskerade. Andreas hätte besser gespielt als die Menschen hier im Café und draußen, er hätte den Sonntagsausflügler schlechthin verkörpert. Den Mann mit gelber Weste unter dem Sommerjackett, der auf seine Taschenuhr schaut, die Abfahrtszeiten der Züge im Kopf, seiner Frau den Arm um die Taille legt, übermütiger, frecher, weniger gehemmt als gewöhnlich. Die ganze Familie hätte Andreas gespielt, Mann, Frau, Söhne und Töchter, Schwiegereltern. Hüpfend, pfeifend, stolzierend, sich selbst vergessend.

Andreas, er saß bei ihnen.

Immer wieder kam Julia auf ihn zu sprechen, aus ihren ironischen Bemerkungen zu seiner Lage hörte Chris die Sorge heraus.

»Ach, Chris, er hat Dinge wie aufräumen, Schuhe putzen, Betten machen immer gehaßt. Und dort bekommt man schon vierzehn Tage verschärften Arrest bei Wasser und Brot, wenn mal ein Knopf an der Jacke fehlt, heißt es. Armer Andreas, wie wird er mich vermissen, ich habe ihm den Alltagskram so oft abgenommen.«

Verschärfter Arrest, Wasser und Brot, Begriffe aus einer anderen Welt, wie Gewittergrollen in der Ferne, in der dunklen Provinz des Hörensagens. Chris wollte diesen Tag nicht in düsterer Stimmung enden lassen und versuchte, ihr ein paar unbeschwerte Erinnerungen zu entlocken. Aber für diesen Tag war ihr Mut aufgebraucht. Sie erzählte ihre Geschichten nicht zu Ende, wurde unruhig, ihr Blick schweifte ab. Offenbar wurde es Zeit für sie.

»Wir können nicht zusammen fahren, Chris. Warte

hier noch ein Stündchen, dann habe ich genug Vorsprung. Ich melde mich wieder. Wie geht es Knollenberg?«

»Er wirkt verschlossen, seit dem Tag, an dem er dich entlassen hat, nicht mehr so selbstzufrieden, aber mir gegenüber herzlicher, eigentlich merkwürdig.«

»Grüß ihn bitte von mir.« Sie lächelte, schaute ihn an, sie hatte einen leichten Sonnenbrand im Gesicht. Der Abend kam, es war nicht mehr so warm, die Sonne stand schon tief. Ihm fiel nichts mehr ein, womit er ihren Aufbruch noch hätte hinauszögern können.

Er sollte allein zurückbleiben, er hatte sie gut verstanden. Natürlich, Julia, ich bleibe noch ein Stündchen sitzen. Ein dummes, hilfloses, feiges Stündchen, in dem ich nicht in deiner Nähe sein darf. Nimm also jetzt deine Handschuhe und deinen Schal, und vergiß bitte deine Tasche, damit du noch einmal zurückkommen mußt.

»Paß auf dich auf, Julia«, sagte er mit mehr Nachdruck als beabsichtigt. Sie sollte auf keinen Fall merken, daß er Angst hatte. »Wann machen wir wieder mal so einen Spaziergang?«

»Von mir aus jeden Sonntag, aber das geht leider nicht. Morgen fahre ich nach Weimar, ich kann noch nicht absehen, wann ich wiederkomme. Aber sobald ich es weiß, hörst du von mir.«

Ganz kurz legte sie ihre Wange an seine, hielt seine Hand etwas länger fest, um sie dann schnell loszulassen. Sie ging eilig an dem Fenster vorbei, an dem er saß, schaute noch einmal zur Seite, ihr Schal wehte leicht im Wind. Er nickte ihr zu, sie nickte zurück. Dann verschwand sie aus seinem Blickfeld.

10

Am Morgen hatte Chris früher als sonst den Ringkanal überquert, zusammen mit seiner Frau. Alle Arbeiter waren da, und sie hatten ihre Frauen mitgebracht, sogar Kinder. Im Lauf des Vormittags sollte die *Heyligenstaedt* eintreffen, nach tagelanger Fahrt. Über Land durch das zerbombte Norddeutschland, dann mit dem Binnenschiff durch Holland. *Heyligenstaedt*, was für ein Name für ein seelenloses Ding, von Schrauben und Muttern zusammengehalten. Selten dürfte eine Maschine so empfangen worden sein wie diese. Als würde sie die Stätte ihres Wirkens heiligen, der Name schien genau für diesen Anlaß erdacht worden zu sein.

Jetzt würde sich alles ändern, dank der Maschine würde man den Betrieb wieder in Gang bringen können. Das große Hallentor war weit geöffnet, die Wände mit Girlanden behängt, sie hatten geflaggt, obwohl das strenggenommen nicht erlaubt war.

»Herr Chris, sie kommt!« rief einer der Dreher – es war *ihre* Drehbank, ihre Maschine, an der sie so viele Jahre gearbeitet hatten. Schleifen, entgraten, polieren, ohne Drehbank war die Fabrik flügellahm. Die *Heyligenstaedt* war das Kronjuwel, nein, das zentrale Nervensystem.

Herr Chris. Er hatte sich nie daran gewöhnt, daß man ihn so nannte. Wie kam man auf die Idee, jemanden mit Herr und seinem Vornamen anzureden? Sein Vater war

Herr Dudok gewesen, er selbst zuerst Chris, aber schon seit seinem siebzehnten Lebensjahr Herr Chris. Dazu verurteilt, der Nachfolger seines Vaters zu werden. Sein Studium hatte er begonnen, um eine Zeitlang nicht daran denken zu müssen. Es war nur ein Umweg gewesen, eine Flucht, ein Aufschub.

Sein Jahr in Deutschland war das einzige gewesen, das wirklich zählte, seine Feuertaufe, ein fast geglückter Ausbruchsversuch. Auf den eine schmähliche Rückkehr gefolgt war. In den Schoß der Familie, in die Arme seiner Freundin, der er nicht mehr ausweichen konnte. Ihre Hartnäckigkeit, ihre niemals nachlassende Energie und Fröhlichkeit hatten ihm auch imponiert.

Ein größerer Gegensatz zu Julia war nicht vorstellbar. Erst viel später wurde ihm klar, daß er rigoros jeden Gedanken an sie hatte verbannen wollen. Er hatte ein Leben gesucht, in dem sie nicht mehr vorkam. Nichts, was an sie erinnerte, hätte er ertragen, keine Ähnlichkeit der Stimme, der Sprechweise, des Blicks, der Mimik. Seine Frau mußte ein ganz anderer Mensch sein. Er mußte die Vergangenheit verbarrikadieren. Als würde sich die Vergangenheit um Barrikaden kümmern.

Die Männer zogen jubelnd aus der Fabrikhalle zum Kai, an dem das Schiff mit der zurückeroberten Maschine anlegte. Anschwellendes Jauchzen wie damals, als die kanadischen Truppen in die Stadt einzogen. Ein Vorarbeiter stand fahneschwenkend auf der Back, der Schiffer ließ ununterbrochen das Horn tuten, berittene Polizisten leiteten den Verkehr um. Auf diesen Augenblick hatten sie monatelang gewartet, hatten davon geredet und geträumt. Jetzt war die Maschine da. Sie wurde ausgeladen und an ihren alten Platz befördert, mitten in der Halle. Die Spinne im Netz neuer Betriebsamkeit. Die kommen würde, davon waren sie überzeugt, Herr Chris hatte es gesagt.

»Herr Chris, Herr Chris, eine Rede!«

Daran kam er nicht vorbei. Er sprach, die Halle war voller Menschen, mäuschenstill plötzlich, aufmerksam. Die Worte kamen von selbst, er hatte nichts vorbereitet, beinah hilflos fühlte er sich, als hätte er keinen Einfluß auf das, was er sagte. Über die Kriegsjahre sprach er, die endlosen Jahre, in denen sie verfolgt und beraubt worden waren, über das Glück der Befreiung und die Rückkehr so vieler aus Deutschland. Die Fabrik würde wieder aufblühen, zahlreiche Länder auf der ganzen Welt seien zerstört und müßten wiederaufgebaut werden. Ihre Maschinen seien unentbehrlich.

»Ich bewundere euch, ich bewundere euer Vertrauen und euern Schwung. Keine vier Monate ist es her, da war diese Halle leer. Die Lager leer, die Büros leer. Und heute steht die Drehbank an ihrem Platz, die ersten Aufträge liegen auf meinem Schreibtisch, wir können anfangen und werden nicht mehr aufhören. Ich danke euch, ich danke euch allen von ganzem Herzen.«

Applaus, drei Hurras, weitere Ansprachen, es gab Genever und Salzgebäck, die Kinder spielten Verstecken, die Frauen plauderten fröhlich.

In der Nacht wachte Chris immer wieder auf, er war unruhig, und ihm war sehr warm, als läge er am Strand in der Sonne. Im Halbschlaf hallte der festliche Tag in ihm nach, Bruchstücke nicht zu Ende geführter Gespräche, Ungesagtes, das ihm erst jetzt in den Sinn kam. Neben ihm lag seine Frau, eine Armlänge entfernt. Um fünf Uhr stand er auf, zog sich an und ging hinaus. Das Dunkel war auf dem Rückzug, das Licht ließ sich noch Zeit. Ohne besondere Absicht ging er zur Fähre und arbeitete sich mit dem Klemmholz am Stahlseil zum gegenüberliegenden Ufer, sein eigener Fährmann. Außer ihm war noch niemand auf, um die Fähre herum kräuselte sich sanft das Wasser des Ringkanals. Beruhigendes Wasser, freundliches, hilfsbereites Wasser.

Er öffnete die Tür zur Fabrikhalle, trat ein, nahm einen Stuhl und stellte ihn neben die *Heyligenstaedt*.

Zehn nach fünf, er legte die Hand in den Nacken und fühlte, daß er schwitzte. Das konnte nicht von der Anstrengung kommen, eher von seelischer Anspannung, unterdrückter Angst.

In der Nacht war er wieder gefallen, endlos, ein Sturzflug ins Nichts und Nirgendwo. Unabwendbar war sein Fall, seit seiner Kindheit schon träumte er diesen Traum. Das Fallen war nicht unangenehm, selbst das Gefühl der Verlassenheit, das dazugehörte, war süß.

Die Stille der Halle glich der alter Kirchen. Jedes Geräusch wurde in die Höhe gesaugt. Über ihm hingen zwei Laufkatzen des Brückenkrans, ihre langen Ketten reichten bis auf den Boden herab. Er saß neben einer Maschine, deren Funktionsweise er verstand, die er aber nicht bedienen konnte. Mit nichts hier konnte er arbeiten, seine Hände waren dafür so ungeeignet wie seine Kleidung. Kühe melken, das würde er noch mühelos können, wenn es sein müßte. Heu machen, Grünland eggen, Pferde einspannen, kein Problem. Sein Großvater hatte jedesmal den Kopf geschüttelt, wenn er in die Stadt zurückmußte: »Armer Junge, was willst du da.«

Zwischen den Büchern hatte er seine Hände vergessen, aber zwischen den Maschinen seiner Fabrik verlor er das Gefühl, lebendig zu sein. Eine Welt aus Metall, das Geräusch von Hämmern und Schweißgeräten, das Kreischen von Schleifbändern und Bohrmaschinen, das unaufhörliche Dröhnen von Stahl, der auf Stahl schlägt.

Er lehnte sich mit der Schulter an die Kante der Drehbank und schaute sich um. Die Stille wirkte beklemmend. Bis in die letzten Winkel schwieg die Fabrik wie ein Mensch, nie zuvor hatte er das so gehört, zumindest nie darauf geachtet. Da stand der erste Walzentrockner bereit, um auf der Drehbank fertig bearbeitet zu werden. Die silberfarbene Seitenwand der Walze schimmerte im Zwielicht. Auf einem Querbalken hoch oben entdeckte er zwei Tauben, die eng aneinandergeschmiegt schliefen. Irgendwo mußte also ein Dachfenster offenstehen.

Die Euphorie des Vortags war verflogen. Die Worte, die er vor dem eisernen Kraftprotz hier ausgesprochen hatte, kamen ihm jetzt hohl vor. Der Jubel und das fröhliche Singen zu seinen Ehren hatten ihn für einen Augenblick über sich selbst erhoben und einen Übermut geweckt, den er sonst nicht kannte. Seltsamerweise hatte er seine Leute in Begeisterung versetzt, hatte seine Stimme erhoben, in die Zukunft geblickt und ihrer Fabrik einen Höhenflug prophezeit. Die Wüste werde blühen wie eine Rose. Was war da bloß in ihn gefahren, wie hatte er seine angeborene Vorsicht vergessen und den Wahrsager spielen können?

Er spürte jetzt, wie kühl es in der Fabrik war. Er fröstelte, aber nicht wegen der Kälte, sondern weil sein Hemd schweißfeucht war, es klebte an der Stuhllehne. Wurde er krank?.

Erschöpft war er mit seinen siebenunddreißig Jahren und die Zukunft eine Schraubzwinge an seiner Kehle. Von wegen befreit, von wegen neue Möglichkeiten und Aufträge und morgen die ganze Welt. Er fühlte sich überall fehl am Platz, im eigenen Haus, in seinem Büro, am Schreibtisch, an dem er sich mit Auszahlungslisten und Verträgen beschäftigen mußte. Der Wohlstand würde früher oder später zurückkehren, ohne Zweifel – sie würden wieder so leben wie vor dem Krieg. Autoreisen, Knokke, Monte Carlo, Capri, die Wünsche seiner Frau konnten erfüllt werden. Außer einem.

Sein Vater war im Krieg gestorben. Keinen Heldentod, gewiß nicht. Als er mit dem Fahrrad aufs Land gefahren war, um Lebensmittel zu beschaffen, war er gefallen und nicht mehr aufgestanden. Herzstillstand. Vielleicht doch ein Heldentod. Auf dem Hof eines Bauern, den er von früher kannte. Dort hatte man ihn gefunden, die Brille noch auf der Nase, die Gläser zerbrochen. Butter, Schinken und Kartoffeln hatten in der Scheune bereitgelegen. Schon in seinen Briefen nach Lübeck hatte sein Vater geschrieben, daß er nicht mehr lange leben werde. Der erste Brief, in dem stand, daß Chris die Fabrik übernehmen müsse – ein Keulenschlag. Er war aus seinem Souterrain geflüchtet und hatte sich in der Nähe der Musterbahn ans Wasser gesetzt.

Der Brief hatte ihn an einem Samstagnachmittag erreicht, mit der zweiten Zustellung, er war gerade vom Büro nach Hause gekommen. Winter, Anfang Januar, der Mühlenteich war zugefroren bis auf ein paar offene Stellen voller Enten, es lag alter Schnee, und auf allem lastete ein grauer Himmel. Die ideale Kulisse für eine Unheilsbotschaft. Die dunkelroten Backsteine des Doms hinter ihm, kahle Weiden und Sträucher ringsum. Die Nachricht, die er las, kam völlig unerwartet. Er wollte nicht glauben, daß sein Vater krank war, davon hatte er nie etwas gemerkt. Ein stiller Mann, selten wütend, selten schlecht gelaunt, immer in seiner Fabrik. Aber auch mit sehr klaren Vorstellungen von der Zukunft seines Sohnes. Es gab kein Entkommen, nach Ansicht seines Vaters kam nur Chris als Nachfolger in Frage, sein viel jüngerer Bruder sei noch längst nicht soweit. Plötzlich dröhnten über ihm die Glocken, sie hatten angeschlagen wie Wachhunde eines unsichtbaren Herrn. Als er sich umdrehte, sah er ein Hochzeitspaar die Stufen des Doms herabsteigen. Er in Uniform, Hakenkreuzbinde am Arm, sie in Weiß, ein Knäuel Menschen hinter den beiden. Ein freudloses, seelenloses Schauspiel an diesem Samstagnachmittag, zu einer Stunde, zu der niemand heiraten sollte, nicht hier, nicht in dieser Zeit. Es lenkte ihn einen Augenblick von dem ab, was er gelesen hatte, von dem, was in ihm tobte und weiter toben sollte. Heiraten – was er dort auf den Stufen sah, bedrückte ihn sehr. Aber die

Vorstellung, Direktor der Fabrik zu werden, war nicht weniger beängstigend.

Die Enten auf der eisfreien Wasserfläche vor ihm wurden durch das anhaltende Glockendröhnen unruhig und flogen nach und nach auf. Die Hochzeitsgesellschaft kam an ihm vorüber, der Mann grobschlächtig, die Frau grobschlächtig, die Hochzeitsgäste in ihrem Schlepptau grobschlächtig. Man hatte das Gefühl, daß man besser nicht hinschaute, etwas Bedrohliches ging von dem kleinen Aufmarsch aus.

Aufmärsche bedeuteten nie etwas Gutes, wer da mitging, kam dem Unheil näher und näher. Seit er hier wohnte, hatte er mehr als genug davon gesehen. Deutschland marschierte und sang. Schon eine Hochzeitsgesellschaft von vierzig Personen war ein unerfreulicher Anblick, meistens waren Uniformen darunter.

Der Brief seines Vaters veränderte alles. Bis jetzt hatte er sich eingeredet, seine Zukunft sei noch offen. Aber die Zeit in Lübeck war nur ein Hinrichtungsaufschub. Er hatte seinen Vater gebeten, ihm eine Art Volontärsstelle zu vermitteln, er hatte ins Ausland gewollt, Erfahrungen sammeln, für einige Zeit den schnurgeraden Weg zum Familienbetrieb verlassen. Sich für einige Zeit von der jungen Frau lösen, die ihn so liebevoll und subtil bearbeitete. Ein Jahr Lübeck – hurra, geschafft, neue Freiheit, alles noch möglich. Und dann der Knall, als der dicke Brief kam.

Das Dröhnen in den Türmen verklang allmählich. Der kleine Vorplatz war leer wie zuvor, die Backsteinmauern wirkten abweisend. Chris hätte den Brief am liebsten ins

Wasser geworfen, sich davongemacht oder den Zug nach Hause genommen und seinen Vater beschworen, jemand anderen zum Nachfolger zu bestimmen. Ihn nicht, er konnte es nicht, er mußte reisen, in anderen Ländern aufwachen, lesen, nachdenken. Er wollte nicht heimkehren, heiraten, Direktor spielen, Jubilaren gratulieren. Vater, werd wieder gesund, dir fehlt eigentlich nichts, du bist nie krank gewesen, nur still in den letzten Jahren. Wer hat behauptet, daß du nicht mehr kannst, welcher Arzt hat dich untersucht, woran sieht man, daß jemand am Ende ist?

Aber er blieb reglos sitzen, den Brief in der Hand. Die Enten landeten wieder im eisfreien Wasser, es begann, ganz leicht zu schneien.

Die Gegend um die Musterbahn verschwand und mit ihr der Winter, es war Ende August, eine frühe Stunde in der kahlen, leeren Fabrikhalle. Chris bewegte sich nicht oder kaum, er befürchtete, die Tauben zu wecken oder vielleicht sich selbst. Die Leere um ihn herum war seltsam angenehm. Er wußte sehr gut, was seine Frau hatte sagen wollen, als er ihr von der *Heyligenstaedt* berichtete.

»Vielleicht bekommen wir …«

Er hatte ihr Stocken gleich richtig gedeutet. Sie hatte ihren Satz sehr geschickt umgebogen, aber es hatte einen winzigen Moment zu lange gedauert, ihre Sehnsucht ließ sich mit einem einzigen Wort erfassen. Seine Fröhlichkeit hatte sie angesteckt, und schon sah sie das Kind geboren. Aber nie vergaß er seine Vorsicht, er kannte ihren Zyklus, ein Meister im Berechnen ihrer Fruchtbarkeit war er. Sie waren Ende Dreißig, es würde nicht mehr passieren, auch wenn sie es wider besseres Wissen hoffte.

Chris wußte, daß er recht behalten hatte. Die Trümmerwüsten, der Betrug, die Massenmorde, wer wollte noch in einer solchen Welt aufwachsen. So drückte er es gegenüber seiner Frau nicht aus, so direkt nicht. Aber diese Gedanken klangen in allem durch, was er sagte, ein unerschöpflicher Vorrat an Angst und Unbehagen, in vielen Varianten wiederholt. Er dachte an das ruhige Wasser im Kanal. Warum sollte er nicht wie so viele andere? Verlockende Vorstellung, von allem befreit zu werden. Sein jüngerer Bruder würde schon zurechtkommen, auch seine Schwester brauchte seine Hilfe nicht, nur seine Frau, sie war das Hindernis.

Er dachte sich weg von allem und jedem, die Kälte ringsum erfaßte sein Inneres. Das schwere Stahlseil, an dem man die kleine Fähre über den Ringkanal hebelte, konnte er sich daran nicht unter Wasser festhaken? Oder die Ketten der Laufkatzen hier in Griffnähe, es müßte doch möglich sein …

Knallend öffnete sich die Hallentür, die Tauben flogen auf, zwei Dreher kamen zielstrebig auf ihre Maschine zu.

»Ach, Herr Chris, Sie hier?«

Es war sechs Uhr. Auf der Straße fuhren die ersten Milchwagen vorbei.

11

Er hörte Lot über den Kiesweg radeln, wartete ab, bis das Geräusch verstummt war, und beschloß, ins Haus zu gehen. »Beschloß« war zuviel gesagt, er ging einfach, fast mechanisch. Sein Leben mit Julia, mit der Fabrik, mit seiner Frau, es floß mal in diese, mal in jene Richtung, parallel zu dem, was er dachte, lautlos, es störte ihn nicht, es geschah.

Er betrat den Flur, legte seinen Hut auf das Tischchen an der Garderobe, tastete sich durchs dunkle Wohnzimmer und öffnete die Terrassentüren. Der Weiher dampfte im Lichtschein der Schlafzimmerlampe. Die hatte van Dijk natürlich eingeschaltet, der zuverlässige Organisator seines Alltags.

Chris schob den Korbliegestuhl etwas weiter auf die Terrasse und schaltete die Außenheizung an, zwei orangefarbene Stäbe leuchteten auf und strahlten Wärme ab. Ein Plaid, das über den Stuhl hing, legte er sich um. So lag er eingewickelt wie eine Mumie und schaute in die Nacht, Zigarette im Mund.

Er inhalierte den Rauch, spürte aber keine Wirkung. Sollte er für Lot eine Nachricht auf einen Zettel schreiben und ihr erklären, daß ihre Anwesenheit ihn getröstet hatte, daß es schön gewesen war, sie zu sehen, wie sie ihm vom Rad aus zuwinkte? Der Gedanke verwehte so schnell, wie er gekommen war. Warum sie mit so einem Unsinn belasten? Stoetwegen anrufen? Der würde sich nicht einmal wundern. Halb zwei in der Nacht, gut möglich, daß er vor seinem wer weiß wievielten Whisky saß.

Stoetje, Freund aus Studentenzeiten, Saufbruder. Nie ganz erwachsen geworden, der ruhelose kleine Kerl, der ihm wie ein Schatten gefolgt war. Stapelweise Briefe besaß er von ihm. Getippt auf einer alten Maschine mit verschmutzten Typen, endlose Geschichten vom Leben auf Walcheren, wo er wohnte, von Festen und Besäufnissen, Geldmangel und Freundinnen. Regelmäßig berichtete er von einer großartigen »Neuerwerbung«. Die fünf Briefe später als »Verlustposten« verbucht wurde.

Stoets Briefe waren Balsam auf Chris' Seele. In den letzten Jahren hatte er von ihnen gezehrt, manchmal hatte er an der Tür auf den Briefträger gewartet. Walcheren, Domburg, er sah es vor sich, die Creme der Insel zusammengedrängt in der Bar des Badpaviljoen. Stoetwegen, in Seeland hängengeblieben, war der Mittelpunkt, gestikulierte, ruderte mit den Armen, als wäre er kurz vor dem Ertrinken. Was auch zutraf, der Alkohol überspülte bei ihm gewissermaßen schon das Deck, er klammerte sich an seinen eigenen Scherzen fest. Aus bestem Hause, sein Stoet, alter Adel. Er gab nichts darum, empfand es eher als Last denn als Privileg. Hätte nichts lieber getan, als eine kleine Verkäuferin zu heiraten; eine Kassiererin war ein »erstklassiges Angebot«, eine Garderobenfrau im Badhotel ein »verkleideter Magnet«, das Dienstmädchen seiner Vermieterin eine »einmalige Gelegenheit«. Trinkerei, ein Leben aus Suff, Enttäuschungen und Aufder-Stelle-Treten. Chris hatte ihm die Treue gehalten, vor dem Krieg, während des Krieges, bis heute. An Stoetje sollte er lieber nicht denken. Das würde ihn jetzt nur sentimental machen, Erinnerungen wecken, Reue sogar. Aber Chris wehrte sich nicht.

Es war zehn Jahre nach dem Krieg, Ende August. Dudok und seine Frau wohnten in Vlissingen im *Hotel Britannia*, oben am Boulevard am Anfang des neuen Hafens. Sie warteten auf Stoetwegen, der aus Middelburg kommen wollte. Als er endlich eintraf, kam er hereingestürmt, noch zerfahrener und nervöser als sonst. Seine Auftritte waren immer ein wenig seltsam, aber jetzt erinnerte er an ein Schiff, das plötzlich in schwere See geraten war. Chris konnte ein Lachen nicht unterdrücken und bat ihn, sich zu beruhigen.

»Was ist los, Stoet, eine Neuerwerbung?«

Sein Freund blickte sie beide düster an, bestellte sofort ein Glas Wein, wollte etwas sagen, überlegte es sich anders und murmelte nur eine Entschuldigung – kurz ausruhen, anstrengende Busfahrt, ganze Zeit gestanden.

Die Tage in Vlissingen waren in Chris' Erinnerung hell und leicht geblieben, was ihn selbst erstaunte, federleicht, als wäre er damals nach Jahren von einem schlimmen Verdacht befreit worden. Sooft er Zeit fand, hatte er den Hafen besucht, den auch deutsche Schiffe anliefen. Zehn Jahre nach dem Krieg hatte sich der Handel vollständig erholt, was sich deutlich im Auftragsbuch seiner Firma niederschlug; viele seiner Maschinen gingen nach Deutschland. Das war das stille, totgeschwiegene Hinterland, der verachtete Partner, der unersättliche Nachbar,

Sturmvogel des kommenden Wohlstands. In zehn Jahren hatte sich vieles verändert und anders entwickelt als erwartet. Volkswagen fuhren durch Holland, in Zandvoort wurde wieder Deutsch gesprochen, auch in Domburg sah man die ersten Busse aus dem Osten. Chris lieferte lieber nach Frankreich oder Norwegen, aber seine Monteure reisten ebensogern nach Hamburg oder Frankfurt wie nach Oslo oder Bordeaux. In Vlissingen hatte man das Gefühl, daß die Welt mit Macht herandrängte, stärker noch als in Rotterdam, weil das Meer hier näher war. Und man hätte hier leicht verschwinden können, aufs Meer und in die Welt hinaus.

Schon seit Jahren waren sie fast immer zu dritt unterwegs. Wo Chris und seine Frau waren, da war auch Stoet. In Italien, in Südfrankreich, in Seeland. An den Wochenenden wohnte er meistens bei ihnen, kam und ging in einer Wolke aus Geschichten. Stoet schien so etwas wie der Brennpunkt ihrer Ehe geworden zu sein, ein notwendiges Zwischenglied. Ohne ihn wäre die Leere spürbar geworden, er brachte wieder Bewegung in ihr Leben. Unmerklich hatten sich die Dinge so entwickelt. Stoet war sich dessen sicher nicht bewußt, er lebte in den Tag hinein, schamlos und unbeholfen, und war ständig Feuer und Flamme.

Am Tag nach seinem wilden Auftritt wollte Stoet nach Domburg, wo die Badesaison sich dem Ende zuneigte. Aber Chris fuhr nicht mit, er hatte keine Lust auf Horden ausgelassener Strandbesucher und ließ seine Frau und Stoet mit Freuden ziehen. Er würde den Tag schon überstehen, genug Bücher, mehr als genug Schiffe zu sehen, ein Spaziergang über den Boulevard, nein, fahrt ihr nur, Kinder, amüsiert euch gut, also dann bis heute abend.

Und wie Kinder waren sie, als sie wegfuhren, seine Frau saß am Steuer, Stoet, auf dem Beifahrersitz, kurbelte das Fenster herunter und rief: »Luctor, Chris, et emergo!« Ich ringe und komme nach oben, das war sein Standardspruch, wenn er bei seinen Besuchen nachts in ihrem großen Haus herumgeisterte und Chris oder seine Frau ihm zuriefen, er solle nicht zu spät schlafen gehen: »Luctor et emergo!« Stoet rang und kam nur schwer nach oben, schwer ins Bett.

Chris kehrte ins *Britannia* zurück, unschlüssig. Als die beiden weggefahren waren, fröhliche Verschworene, hatte er sich ausgeschlossen gefühlt und gleichzeitig angezogen. Sollte er ihnen nachfahren? Er konnte den Bus nehmen, obwohl der endlos lange brauchte. Von Vlissingen nach Domburg mit dem Bus, um Himmels willen. Praktisch an jeder Straßenecke in jedem Dorf eine Haltestelle, und wenn in hundert Metern Entfernung jemand angetrabt kam und mit der Hand oder dem Spazierstock winkte, wartete der Fahrer. Weltrekord im Langsamfahren, ein furchtbarer Anschlag auf die Geduld. Aber andererseits – er hatte es doch nicht eilig, warum sollte er sie nicht überraschen, und er konnte ja mit ihnen im Auto zurückfahren.

Als er sich auf den Weg machte, war der Vormittag fast vorüber. Ein Platz vorn im Bus hinter dem Fahrer war noch frei. Die Endhaltestelle, Ausgangspunkt einer Expedition durchs Innere von Walcheren. Koudekerke, Biggekerke, Meliskerke, Aagtekerke, umgeben von Weiden, Korn- und Maisfeldern. Ein gottesfürchtiges Land, wie schon die Ortsnamen verrieten.

Der Bus hielt in Biggekerke, und Chris dachte an den Dichter, der dort gewohnt hatte.

»Seltsam wieder, dieses Leben, wie im Zug aufzuwachen und im fremden Land zu sein ...«, hatte der geschrieben.

Wahrscheinlich die beste Umschreibung des Gefühls, das er selbst fast jeden Tag hatte: in einem Zug aufzuwachen, in einem anderen Land. Den Kopf zu heben, einen Moment nicht zu wissen, wo man ist – auf Reisen? Unbekannte Geräusche und Stimmen auf einem Bahnsteig, der Pfiff des Schaffners, langsames Anfahren, Nadelwälder, Hügel, Nebel, der sich an der Fensterscheibe niederschlägt.

Am Ortsausgang von Biggekerke auf die geklinkerte Straße nach Meliskerke, leise rumpelnd an Radfahrern vorüber, an Bauern auf dem Feld. Heuwiesen, wogendes Getreide, Kalenderblätter in dichter Folge.

Reglos saß er am Fenster, vertieft in die Landschaft, verloren in den Versen des Dichters. Sie näherten sich dem Ziel, links glaubte er den Leuchtturm von Westkapelle zu sehen, rechts tauchten die ersten Häuser von Domburg auf. Lange vor dem Krieg war er als Kind mit seinen Eltern ans Meer gefahren, entweder hierher oder nach Knokke, samt Kindermädchen, im Pontiac seines Vaters, mit Kabinenkoffern und auf dem Dach festgeschnallten Körben. Der Gedanke daran berührte ihn nicht mehr, das meiste hatte er ohnehin vergessen, seine Jugend war vorbei, er sprach selten darüber. Ein paar versprengte Details, eine Automarke, der Name eines Hotels, die Nummer seines Zimmers, 224, damals hatte er nicht verstanden, wie ein kleines Hotel so viele Zimmer haben konnte.

Mitten im Dorf stieg er aus, die Sonne brannte, die Hauptstraße war wie ausgestorben. Halb zwei, alle waren am Strand oder beim Essen, die Läden geschlossen. Vor dem Café beim Rathaus saß eine Handvoll schläfriger Gäste. Langsam, wie es zu dieser Mittagsstunde paßte, ging er Richtung Badhotel, schon seit hundert Jahren die Unterkunft der Privilegierten. Nachher würden sie dort wohl Tee trinken, überlegte er. Auf dem ausgedehnten Rasen vor dem Hotel gab es ein paar Tischchen und Stühle unter Sonnenschirmen, da hatte man seine Ruhe. Er ging weiter, durch den Van Teylingenpark mit den hübschen Villen auf beiden Seiten, um dann eine Abkürzung zu den Dünen zu nehmen und zu dem Weg, an dem Haus *Carmen Silva* lag, das Landhaus von Stoets Freunden. Er wußte, daß er sie dort finden würde, am Morgen hatte Stoet ihr Kommen telefonisch angekündigt. Er begegnete niemandem und nahm den Weg zwischen den wildwachsenden kleinen Steineichen hindurch. Lovers' lane, ein Hohlweg mit einem Laubdach, Brombeersträuchern links und rechts, Efeu, die Sonne drang kaum durch das Blattwerk. Der Architekt dieses geheimen Wegs zum Strand mußte der Seewind gewesen sein.

Dann, nach einer Biegung, sah er sie, ein Stück vor ihm, Hand in Hand, manchmal lehnte sie ihren Kopf an seine Schulter. Sie standen mehr, als sie gingen. Die Rührung, die ihn in diesem Moment überkam, konnte er sich nicht erklären, aber sie war echt. Jetzt schloß Stoet sie in die Arme. Ihr Kuß dauerte eine Ewigkeit. Fasziniert schaute Chris ihnen zu, so hatte er seine Frau nie gesehen, so hatte er sie nie umarmt, so rückhaltlos.

Seine Frau und Stoet waren schon im Freien, die Sonne beschien sie, während er noch in dem dunklen grünen Tunnel stand. Selbst wenn sie sich umsahen, würden sie ihn nicht entdecken. Er ließ sie gehen, sie bewegten sich mit den langsamen Schritten der Liebenden. War es Liebe – oder ein Bund von Hoffnungslosen?

Irgend etwas dazwischen, vermutete er später, etwas zwischen Hingabe und Verzweiflung. Warum seine Erleichterung, warum keine Spur von Wut, kein Gedanke an Verrat oder endgültigen Bruch? Nichts davon, er wollte sie nicht stören, nur ja nicht stören, und ließ sie weitergehen, in die Dünen, in Richtung *Carmen Silva*. Gab ihnen den Vorsprung, den sie brauchten, um in Ruhe zu Stoets Freunden zu kommen. Er wartete auf einer kleinen Düne nicht weit vom Wasserturm, den man gedankenlos nah an die Strandlinie gebaut hatte, lauschte auf das Meer und die Möwen, hörte Travemünde. Dort mußte der Ursprung seiner Erleichterung liegen. Von nun an war es nicht mehr allein seine Aufgabe, sie zu lieben. Das hatte er schon so lange nur mit halbem Herzen getan, manchmal geradezu mit Widerwillen. Und er stand nicht mehr so tief in ihrer Schuld wie bisher, weil er Julia nicht aufgegeben hatte. Nur stimmte das so ja gar nicht, in Wirklichkeit hatte er Julia aufgegeben, geflohen war er, wenn auch mehr oder weniger von ihr dazu gezwungen.

»Versprich mir, daß du noch heute abreist, du bringst mich in Gefahr, wenn du bleibst.«

Ihr letzter Trumpf: Du bringst mich in Gefahr, wenn du bleibst. Pathos des Augenblicks oder wirkliche Bedrohung? Warum hatte er gehorcht, warum war er nach Hause gefahren? Diese Frage war ihm nicht mehr aus dem Kopf gegangen, nie mehr. Die Antworten, die er sich zurechtlegte, wechselten ständig, aber keine stellte ihn zufrieden.

In den Monaten nach seiner vorzeitigen Heimkehr hatte er gegen den Wunsch ankämpfen müssen, wieder nach Lübeck zu fahren. Aber allmählich hatte ihn die Firma in einen Kokon aus Verpflichtungen eingesponnen, aus dem er sich nicht mehr befreien konnte. Sein Vater hatte sich zurückgezogen und ihm die Schlüssel übergeben, buchstäblich und im übertragenen Sinn. Und dann war er tatsächlich gestorben, wie er es in seinen Briefen angekündigt hatte. Deshalb hatte er Chris auch nicht mehr so lange wie erhofft mit seinem Rat zur Seite stehen können. Wie sollte man bis zum Ende des Krieges durchhalten, woher noch Aufträge bekommen – es war ein einziges Improvisieren gewesen. Aber natürlich hatte auch sein Vater kein Patentrezept gehabt. Er war tot vom Rad gefallen, weil sein Herz zu schlagen aufgehört hatte. Nie hatte Chris viel über seinen Vater nachgedacht, nie wirklich ernsthaft mit ihm gesprochen oder ihm zugehört. Jahrzehnte des Zusammenlebens, die gleiche Aufgabe vor Augen, ähnliche Pflichten, ähnliche Sorgen, aber in nichts glichen sie einander, jedenfalls kaum wie Vater und Sohn. Besonders groß war seine Trauer nicht gewesen, wenn es ihn auch schmerzlich berührte, wie man seinen Vater gefunden hatte. In seinem Fahrrad verheddert, zerrissener Mantel, zerbrochene Brillengläser, eine Wunde am Kopf. Von so weit hergekommen, einen halben Tag unterwegs, nur um ein paar Lebensmittel zu organisieren, und dann das.

Chris auf seiner Düne. Seine Frau und Stoet waren fort. Links vor ihm der Wasserturm mit seinem kupfernen runden Hut, rechts ein Haus mit dem Namen *'t Haventje*, geschlossene Fensterläden, alles reglos im Sonnenlicht. Niemand zu sehen, niemand, den er anschauen konnte, niemand, der neben ihm saß und auf die Leute am Strand zeigte.

»Schau mal, Chris, was bauen die da?«

Unter ihnen hatte eine ganze Familie, mit Schaufeln und Eimerchen ausgerüstet, einen riesigen Gebäudekomplex aus Sand gebaut, einschließlich Straßen, die mit Fähnchen, Zweigen und Muscheln markiert waren. Auf ein großes weißes Blatt Papier hatten sie *Berlin, Unter den Linden* geschrieben. Julia las es laut und schaute ihn an. Sie ließen ihre Beine über den Rand des Kliffs baumeln, das an dieser Stelle sehr niedrig war, ihre Füße berührten beinahe den Strand. Hinter ihnen, schon weit entfernt, lag das Restaurant *Seetempel*, wo Chris ihr die Hand geküßt, sie seinen Blick erwidert, seine Fragen erraten, sein Verlangen gesehen hatte.

»In Berlin werden Juden auf der Straße verhaftet und ihre Häuser geplündert, Selbstmorde sind an der Tagesordnung. Unter den Linden ist die Hauptstraße von Raub und Mord und Demütigung, Chris. Die Familie, die hier so harmlos mit Sand spielt, spielt in Wirklichkeit mit Feuer. Es hat ja etwas Liebenswertes, Kinder am Strand die Hauptstadt nachbauen zu lassen, es ist naiv, aber eigentlich schon kriminell naiv. Unter den Linden, das klingt so lieblich, nicht wahr? Nach Sommer und Sonne, nach etwas Malerischem, beruhigend, einlullend. In den Träumen der Juden ist diese Straße eine Schlange. Sie werden fortgejagt, weg mit ihnen, Chris, du hast nur ein unendlich kleines Stück von dem Terror in diesem Land kennengelernt. Hier in Lübeck und Travemünde ist man noch nicht halb so weit wie anderswo. In ein, zwei Jahren müßtest du noch mal kommen, ach was, dann läßt man dich schon längst nicht mehr ins Land.«

Wie schon so oft fragte sich Chris, woher Julia das alles wußte, wo sie sich versteckt hielt, wer ihre Freunde waren.

»Wie oft bin ich durch diese Straße gegangen, Chris. Andreas und ich hatten dort unsere Lieblingskneipe, *Danzig* hieß sie, mit ein paar Tischen draußen. Da haben wir regelmäßig bis zwei Uhr nachts zusammengesessen, wir, das waren Studenten, Schauspieler, Musiker, angehende Anwälte, Architekten, Ingenieure, lauter Idealisten und Rebellen, also sozusagen der Abschaum der Gesellschaft. ›Früher war Deutschland das Land der Dichter und Denker, jetzt ist es das Land der Richter und Henker‹, sagten wir frei nach Karl Kraus. Wir haben miterlebt, wie die SA die Straße eroberte mit ihren Fahnen und Liedern und ihrer Gewalt. Die Linden verfärbten sich, wurden langsam braun und schwarz. Ich wohnte nicht weit vom Alexanderplatz, fünf Minuten zu Fuß bis zur Universität. '33 sind wir nach Zehlendorf gezogen, Andreas und ich, weg von den gefährlichen Irren. Da gibt es viel Wald, und trotzdem ist man noch in Berlin. Geld hatten wir nicht, wir waren gerade erst mit dem Studium fertig, aber wir bekamen eine Wohnung in der Papageiensiedlung, wie sie im Volksmund heißt, weil die Häuser so farbenfroh sind. Andreas fand immer gleich Freunde, überall, egal, wo er hinkam. Aus welchen Kreisen sie stammten, ob sie jüdischer Herkunft waren oder nicht, das interessierte ihn nicht. Er träumte von einer Filmrolle, und Babelsberg – unser Hollywood, weißt du? –, ist nicht weit von Zehlendorf entfernt. Aber er mußte schnell feststellen, daß da ohne Verbindungen zum Regime nichts zu machen war. Und die hatten wir nun gewiß nicht. Ich arbeitete in einem Ingenieurbüro, das damals ausschließlich Aufträge für die Olympischen Spiele ausführte. Ich konnte die Ringe irgendwann nicht mehr sehen, überall, auf dem Briefpapier, auf jeder Rechnung, auf jedem Schreibtisch, zum Verrücktwerden. Trotzdem erscheinen mir die zwei Zehlendorfer Jahre heute als sorgenfreie Zeit, alles war noch offen. Andreas bekam sein erstes Engagement, ich habe meine erste Brücke berechnet. Eine Brücke, Chris! Das ist das Höchste für einen Ingenieur. Das Wunder der Brücke, der Triumph der Statik. Jeder Ingenieur träumt davon.«

»Und ist sie gebaut worden, bist du einmal über deine Brücke gegangen?« Chris fragte, ohne sie anzusehen. Er schaute nach den Sandbauten und der Familie.

»Ich glaube schon, daß sie gebaut worden ist, aber ich

war schon entlassen, bevor ich noch einen Fuß darauf hätte setzen können.«

»Warum haben sie dich entlassen, hast du irgendeinen Fehler gemacht?«

»Fehler? Ich war schneller als die meisten Männer, vielleicht war das mein Fehler. Nein, ich glaube, ich habe nicht viele Fehler gemacht. Aber ich gehörte nicht zu ihnen, sie wußten nicht, was sie von mir halten sollten, ich wohnte mit einem schauspielernden Bruder zusammen, der die falschen Freunde hatte. Ich weiß es nicht, sie haben mich einfach entlassen, ich hab es nie ganz verstanden. Von da an wurde alles anders, und heute kommt es mir dumm vor, daß wir damals so unbekümmert, so übermütig waren. Andreas kam jeden Tag müde, aber fröhlich nach Hause, er durfte spielen, bekam Applaus, hatte Erfolg. Sein erstes Engagement, das erste offizielle Engagement bei einer professionellen Truppe, das war überwältigend für ihn. Dafür hatte er so lange geübt, von Kindheit an hatte er darauf hingearbeitet. Wenn Vater und Mutter ihn doch hätten sehen können.«

Julia schwieg einen Moment; es war ihm aufgefallen, daß sie nicht »unsere Eltern«, sondern »Vater und Mutter« gesagt hatte. Die Vertrautheit, die daraus sprach, berührte ihn.

»Ich habe sie seit ihrem Tod nie so sehr vermißt wie bei Andreas' erster Premiere. Er hat damals ununterbrochen gespielt, ein Stück nach dem anderen, wie ein Besessener. Er wußte, daß aufs Theater schlechte Zeiten zukamen. Bertolt Brecht war geflohen, Walter Hasenclever nach Frankreich gegangen, Franz Werfel lebte in Wien und schrieb kaum noch. Sicher, es gab ja das klassische Repertoire, unpolitische Dramen, Komödien, Andreas konnte alles. Nimm zum Beispiel das Stück, das du gesehen hast – ein dänischer Klassiker, der in einer anderen Zeit spielt, völlig harmlos. Es war die Premiere. Ich wußte natürlich, daß er die Hauptrolle spielte und selbst Regie führte. Was er dann am Schluß gemacht hat, muß spontan gewesen sein, mit der schwarzen Horde hat er bestimmt nicht gerechnet. Wir haben doch immer alles besprochen, auch in Lübeck, obwohl wir nicht mehr zusammenwohnten.«

Chris spürte, daß Julia vieles für sich behielt. Daß sie nichts über ihren Freundeskreis und den von Andreas sagte. Er verstand sie und fragte nicht nach.

Die glücklichen Jahre ihres Lebens, dachte er, zwei nur. Und er, konnte er auf glückliche Jahre zurückblikken, und seien es nur zwei? Nicht ohne weiteres, stellte er fest. Es war, als wäre er dem Glück immer aus dem Weg gegangen, als würde er sich fast schämen, das Wort auszusprechen. Es bereitete ihm Unbehagen, da war etwas wie Unfähigkeit, ja Unlust, überhaupt in diesen Kategorien zu denken.

Die Augenblicke in ihrer Nähe, der Abend im *Café Elsaß*, die Stunden an ihrem Zeichentisch in der Fabrik, dieser Nachmittag, dieser unauslöschliche Nachmittag. Später waren das für ihn die glücklichsten Augenblicke seines Lebens. Alles in allem vielleicht ein paar Tage, zwei Wochen?

Nur mühsam fand Chris aus seinen Erinnerungen zurück auf das sonnendurchglühte Stück Sand. Hier und da schoß plötzlich ein Kaninchen aus der Röhre eines Baus, ein paar Möwen stürzten sich auf eine große Rabenkrähe und vertrieben den Eindringling aus ihrem Revier. Chris registrierte alles, die Dinge boten sich ihm dar, aber er erfaßte nicht, was er sah.

Seine Frau und Stoet waren jetzt wohl bei ihren Freunden und tranken Weißwein auf der Terrasse. Wie würden sie reagieren, wenn er gleich dort auftauchte? Natürlich konnte er da jetzt nicht hingehen, er mußte zurückkehren, wie er gekommen war, sonst brachte er sie in Verlegenheit. Er stand auf und ging durch das Wäldchen zurück, plötzlich in Eile, weil er befürchtete, ihnen vielleicht doch noch im Dorf zu begegnen. Die Straßen wirkten noch lebloser als bei seiner Ankunft. Der Bus fuhr gerade gemächlich ab, als er die Haltestelle erreichte, aber Chris winkte mit dem Hut, und der Fahrer hielt ebenso gemächlich wieder an und ließ ihn einsteigen.

»War sie nicht mehr da?« fragte er lachend. Auch Chris lachte, es war derselbe Fahrer wie bei der Hinfahrt.

»Nein, ich bin zu spät gekommen.«

Wieder die langsame Fahrt, die Dörfer, der Dichter, die Kornfelder. Seine Frau und Stoet. Neu und vertraut war der Gedanke, daß er nicht mehr mit ihr allein zu sein brauchte.

Er war auf dem Rückweg, aber wie lange noch.

12

Nicht mehr lange. Es war schon tief in der Nacht, und endlich wehte ein sanfter Wind, der etwas Kühle brachte. Aber unter seiner Decke war ihm nicht kalt, er fühlte sich eher ein wenig fiebrig. Er wurde doch wohl nicht krank? Absurder Gedanke, Macht der Gewohnheit.

Er fragte sich, wie sein Bruder die Nachricht von seinem Tod aufnehmen würde. Vermutlich würde er wütend den Hörer auf die Gabel knallen, wütend in sein Auto springen und wütend van Dijk fragen, warum verdammt noch mal er nicht besser auf seinen Chef aufgepaßt habe. Wut, um seinen Schmerz zu maskieren, sein kleiner Bruder war aufbrausend, aber man konnte ihm blind vertrauen. Chris hatte ihn nach seiner Rückkehr aus Indonesien in die Firma geholt. Desillusioniert und niedergeschlagen war Coen in Hoek van Holland an Land gegangen, wo Chris ihn erwartete. Lieber Himmel, die Gesichter dieser Soldaten, er konnte sie so leicht nicht vergessen. Ein Jahr in den Dessas von Java, der Kolonie ihrer Väter und Vorväter, dem Ostindien Multatulis und Couperus', dem Land der ausgeträumten Träume. Sie lachten, aber es hatte nichts von Fröhlichkeit, sie weinten, aber es war kein gewöhnlicher Kummer.

Er brachte seinen Bruder mit dem Wagen nach Hause, den er bei dieser Gelegenheit selbst fuhr. Es regnete, die Scheibenwischer bewegten sich mit beruhigender Regelmäßigkeit aufeinander zu und voneinander weg. Sie sprachen nicht viel.

Er redete seinen Bruder selten mit seinem Namen an, fast immer mit Brüderchen oder kleiner Bruder oder Kleiner, Ausdruck der Nähe. Jetzt war es anders.

»Wie war es, Coen? In deinen Briefen klang ja alles noch ziemlich harmlos, aber seit ich euch von Bord gehen sah, habe ich so meine Zweifel.«

Coen schwieg. Die Uniform machte ihn älter. Vierundzwanzig war er, ein Nachkömmling, aber natürlich alt genug, in den Kolonien seines Landes Ordnung zu schaffen. Jetzt, Anfang 1950, gab es kein Niederländisch-Indien mehr. Nur wenige Autos kamen ihnen entgegen. Die leere Straße, das gleichmäßige Summen des Motors, das Zischen der nassen Reifen, das Schaben der Wischer, die stumme Landschaft, durch die sie fuhren. Das Unergründliche aller Dinge.

Coens Schweigen auf seine Frage und die selbst gegebene Antwort waren vielsagend gewesen. Wie war es? Eine aussichtslose, verlorene Sache. Eine unbeschreibliche Schweinerei und Schande, ein schmutziger Kleinkrieg. Palmen, Klewangs und vieles, über das man nicht sprechen konnte. Von Coen sollte niemand auch nur das Geringste erfahren, er würde in sieben Sprachen schweigen, die einzig angemessene Antwort auf dumme Fragen. Wörter wie Dessa sollten nicht mehr über seine Lippen kommen. Ostindien oder Indonesien, es ekelte ihn an.

Chris hielt vor ihrem Elternhaus, wo es keine Eltern mehr gab, weil auch ihre Mutter gestorben war, kurz nach dem Krieg. Eine stille Frau, verheiratet mit einem stillen Mann. Geboren, geheiratet, gelebt, gestorben, ein schmales Büchlein, ein Windhauch. Coen hatte mehr Kontakt zu den beiden gehabt. Er hatte bei ihnen gewohnt, wo sonst.

»Komm zu uns, Coen, in die Firma. Irgendwann mußt du doch mein Nachfolger werden, warte nicht mehr, es wird Zeit.«

Echo der Briefe seines Vaters an ihn, Echo eines sehnlichen Wunsches aufzuhören, sobald der Nachfolger bereit war. Seit mehr als einem Jahrzehnt war er Direktor, so lange war es her, daß der erste Brief in Lübeck in seinen Kasten gefallen war. So viele Jahre ununterbrochen in der Umklammerung. Es sollten noch etliche folgen.

Coen, die Mütze unter der Schulterklappe – er war Sergeant geblieben, Offiziere verachtete er –, schaute ihn an. Als würde er irgendwo Maschinengewehre hören, als wäre er in einen Hinterhalt geraten, die Jeeps dicht aufgefahren, sie lagen im Feuer, zurück, Verstärkung rufen.

»Noch nicht, Chris, noch nicht.«

Beim Wegfahren sah er im Rückspiegel seinen Bruder an der Haustür stehen. Er hatte nicht gewollt, daß Chris ausstieg und ihn ins Haus brachte. Jetzt stand er neben seinem Gepäck, bewegungslos, wie festgenagelt.

Das Plaid rutschte immer wieder weg. Chris zog es mechanisch hoch, er wollte sich nicht erkälten. Auf Zugluft hatte er immer empfindlich reagiert, man sah ihn fast nie ohne Schal um den Hals. Gewohnheiten, an denen man bis zuletzt festhält. Stärker als der Tod ist die Routine.

Natürlich war Coen in die Firma eingetreten, natürlich war er sein Nachfolger geworden, sobald es ging.

Sein Brüderchen mit seinen unglücklichen Affären und seiner trunksüchtigen Frau. Chris hatte ihn vor dieser Frau gewarnt, aber er hatte die Rechnung ohne Coens Wut gemacht und ohne seine Sergeantentreue. Die Fabrik wurde seine zweite Frau, er schlief mit ihr in allen Ländern, in die ihre Maschinen geliefert wurden. Auf der ganzen Welt war er unterwegs, für wen, wenn nicht für seine Kunden, seine Familie, seine Belegschaft?

Chris liebte Coen. Er liebte ihn und beneidete ihn um die Freiheit, die er durch seine Scheidung zurückerobert hatte. Sein Kleiner, der Soldat, der auch im Feuer die Nerven behielt.

»Was um alles in der Welt willst du auf den verfluchten Inseln, Brüderchen? Wir haben da nichts zu suchen. Was wir suchten, haben wir längst gefunden und mitgenommen. Fahr nach Den Haag, und du kannst es besichtigen, da stehen die großen Kästen im Kolonialstil. Lies Du Perron oder Multatuli, dann brauchst du nicht mehr nach Ostindien. Für wen, für was?«

Er mußte Coen von seinem unseligen Vorhaben abbringen. Aber sein Bruder wollte kämpfen. Im Mai 1940 war er zu jung gewesen, für den Widerstand war er zu jung gewesen, das hatte ihn all die Jahre gequält. Jetzt würde er kämpfen. Am liebsten mit dem Karabiner in der Hand. Oder mit großem Gerät, Kanonen, Haubitzen, Chris kannte den Unterschied nicht. Er kam zur Artillerie, was wollte er mehr. Endlich Bewegungsfreiheit, ein eigener Weg. Coen Dudok meldet sich freiwillig, wird Sergeant erster Klasse.

Es war von Anfang an ein Fiasko. Disziplinlosigkeit,

Desertionen, Vergewaltigungen, Massaker, von Coens anfänglicher Begeisterung blieb nichts übrig. Was er erlebt hatte, sollte er für immer in sich verschließen. Veteranentreffen mied er, Bücher über die sogenannten Polizeiaktionen las er nicht, bis auf einige wenige von Autoren, die selbst dabeigewesen waren. Polizeiaktionen, was für ein Wort für blinde Gewalt im Dschungel und in Dörfern, Vergeltung, die Vergeltung nach sich zog, immer wieder, ohne daß man dadurch irgend etwas gewann.

Ein einziges Mal hatte Chris ihn zum Reden gebracht. In ihrem kleinen Club in der Stadt. Einer Männerbastion, man traf sich dort nach der Arbeit, es gab eine Kegelbahn, einen Lesetisch, eine Bar. Zusammen hatten sie früher als sonst die Fabrik verlassen, im Saal hatten sie nur den Clubdiener angetroffen, der sich damit beschäftigte, schon gespülte Gläser noch einmal zu spülen. Sonnenlicht fiel schräg auf den großen Konferenztisch.

Seit Coens Rückkehr aus Indonesien waren mehr als fünfzehn Jahre vergangen. Nicht mehr lange, und Chris würde seinen Platz räumen und Coen zum Direktor machen. Sie waren sich einig, sein Bruder sträubte sich nicht mehr, er war bereit.

Chris zeigte auf ein Gemälde, das nicht weniger als die halbe Wand einnahm.

»Vater war damals so alt wie du jetzt, Brüderchen.«

Die Honoratioren der Stadt blickten auf sie herab, kaum anders als auf Gemälden aus dem siebzehnten Jahrhundert, ihr Vater stand fast in der Bildmitte, ernst, in untadeliger Haltung, unergründlich, schon seit geraumer Zeit Vater.

»Weißt du, daß es auf Java keinen Tag gab, an dem ich ihn nicht vermißt habe?«

Chris stellte das Glas, aus dem er trinken wollte, wieder ab und fragte, ohne nachzudenken: »War es so schlimm?«

»Schlimmer, als du dir vorstellen kannst. Ich will dich nicht mit den Alpträumen behelligen, die ich mitgebracht habe, es sind viele, aber ich habe gelernt, mit ihnen zu leben. Ich bin dir immer noch dankbar dafür, daß du mich so schnell in die Firma geholt hast. Ich hätte sonst kaum weitergewußt.«

»Warum hast du Vater so vermißt? Er hat mir eigentlich nie so sehr gefehlt, er hat meistens geschwiegen, ich habe das als Vorwurf empfunden.«

»Er bedeutete mir viel mehr, als mir bewußt war, solange er noch lebte. Das ist ein Klischee, aber in diesem Fall trifft es zu. Ich habe ihn in den Kriegsjahren aus der Nähe erlebt, du warst verheiratet, aber ich habe zu Hause gewohnt. Bei Razzien oder bei Bombenangriffen war er bei Mutter und mir, still und aufmerksam, wie ein Hirtenhund, ganz Wachsamkeit. Sein Tod war furchtbar für mich, schon wie sein Fahrrad bei uns abgeliefert wurde, seine Brille, sein zerrissener Mantel, sogar die Lebensmittel, die der Bauer für ihn bereitgelegt hatte, waren dabei … Ich war siebzehn, achtzehn, und ich wußte nicht, wohin mit meinem Schmerz. Später, auf Java, habe ich ihn dann erst richtig vermißt. Kaputte Fahrräder und zerbrochene Brillen habe ich dort oft gesehen, und jedesmal sah ich Vater. Und bei jedem Angriff mußte ich an ihn denken, wie er im Wohnzimmer oder im Flur stand und uns mit seinem Blick beruhigte, ein Wächter auf seinem Posten, hellwach, gesammelt, er *war da.*«

Chris erwiderte nichts, er befürchtete, Coen würde sonst aufhören zu reden. Aber dann kamen andere Clubmitglieder herein, Stimmen begrüßten sie, Java verschwand, ihr Vater verschwand, auf der Kegelbahn wurde es laut, der Barmann bekam zu tun.

Unter dem leisen, monotonen Summen der Terrassenheizung nickte Chris immer wieder ein. In seinem Büro in der Fabrik hörte er etwas Ähnliches, gedämpfte Schleifgeräusche, ein gleichförmiges Zirpen, Morsezeichen aus der Welt der körperlichen Arbeit. Schmutzige Hände, Schleifstaub, das Dröhnen der *Heyligenstaedt* – mit alldem hatte seine eigene Tätigkeit wenig gemeinsam. Trotzdem sah man ihn oft zwischen den Maschinen, er kannte jeden, sprach mit den Neuen und ging nie, ohne ein paar Worte mit dem Lagermeister gewechselt zu haben. Man hätte die Uhr nach seinen Rundgängen stellen können, die Leute rechneten mit ihm. Herr Chris in seinem Dreiteiler, zu jeder Jahreszeit. Im Winter meist mit Hut, im Sommer selten einmal ohne Weste. Er hatte sich in einen Panzer aus Konventionen gezwängt, aus starren Regeln, was Kleidung, Umgangsformen, Wortwahl betraf: um sich nicht in der Freiheit zu verlieren, die er einmal gekostet hatte. Es war der Schutzpanzer eines Heimatlosen.

Im Lauf der Jahre schien er sich weiter von seinen Angestellten zu entfernen. Ungewollt, aber unaufhaltsam. Nicht sie veränderten sich, sondern er. Viele von ihnen hatten den Neubeginn im Jahr '45 miterlebt: Von Dudok ging man nicht weg. Vierzig, sogar fünfzig Jahre in der Firma waren keine Seltenheit. Bei Jubiläen hielt Chris traditionsgemäß eine kleine Ansprache, immer knapper und trockener allerdings, immer häufiger so, als wäre er nicht bei der Sache. An seine Rede damals an der Drehbank erinnerte man sich noch gut. So hatte er nie wieder gesprochen, die Glut dieses Augenblicks war nie mehr angefacht worden.

Die Begeisterung seiner Frau an jenem Tag, ihr Gedanke an das Kind. Ein Kind von Chris Dudok, ganz undenkbar. Das Ideal der Vaterschaft, dem man überall ringsum mit stiller Selbstverständlichkeit huldigte, war nie seines gewesen. Vom Vater auf den Sohn, oft genug gehört, der Traum des Mittelstands. Alles in der Vergangenheit Aufgehäufte vom Vater auf den Sohn übertragen, ob der es wollte oder nicht. Vom Vater auf den Sohn auf den Sohn auf den Sohn.

Chris hatte seinen Großvater geliebt, mehr als seinen Vater. Manchmal überspringt Liebe eine Generation. Die wehmütige, hin und wieder auch Groll verratende Frage seines Großvaters, was Chris denn »da« wolle, in der Stadt.

»Da«, das war die andere Seite des Lebens, die falsche. »Da« war eine Fabrik, war Unfreiheit, »da« war der Sohn, der sich gegen den Vater entschieden hatte und seinen eigenen Weg gegangen war, der verschmäht hatte, was mit soviel Sorgfalt gedüngt und vermehrt worden war.

In der Stunde seines Todes, seiner Tat, kamen sie alle zu Chris, er rief sie nicht, sie kamen von sich aus. Sein Großvater vielleicht aus der tiefsten Tiefe, er war am festesten in ihm verankert. Herrscher über soviel Land, Weideland, Kornfelder, Heuwiesen. Alle Ferien hatte Chris auf dem Hof verbracht. Schule war gleichbedeutend mit Rückkehr nach Hause; sie entriß ihn seinem Großvater und einem Königreich aus Apfelbäumen und Pferdeställen. Die leckende Zunge junger Kühe, das Saugen eines zahnlosen Kälbermäulchens an seiner Hand, ein Prickeln in seinem ganzen Körper. Die Zunge an seinen Fingern, während er sich über einen Zaun beugte, Sonne überall, Fliegen und der Geruch von Misthaufen, unbeobachtet und frei hatte er sich gefühlt.

De Bredelaar hieß der Hof, plötzlich sah er den Namen ganz deutlich vor sich. Breit wie die Schwingen eines Aars, diese Vorstellung verband er damit. Ein Haus, in dem man geboren wurde und starb, Land, das man vererbte, Besitz, den man hegte und pflegte. Es hatte nicht sein sollen. Der Großvater hatte seinen Sohn an die Stadt verloren, an eine Halle voll stählerner Maschinen. Und der Sohn wiederum verlor seinen Sohn an den Wind; Chris kannte es gut, das Gefühl, vertauscht, verwechselt worden zu sein, getrennt und losgerissen von allem, wozu er gehörte. Und hatte es ignoriert, so gut er konnte. Aber in ihm war die Leere, der Trichter, der kommende Fall.

13

In den Stunden seines Todes, seiner Tat, kamen sie zu ihm. Von sich aus, ungebeten, ohne Pardon. Großvater, Coen, Stoet, seine Frau, die keinen Namen hatte. Ihren Namen hatte er selten oder nie ausgesprochen. Ein paar Beinamen hatte sie gehabt, aber selbst die hatte er kaum gebraucht. Sie hatte ihn früher Chris, später Dudok genannt, manchmal Duud, auch sein Name war in ihrem Haus nicht oft zu hören gewesen.

Nach seiner plötzlichen Rückkehr aus Deutschland, über die er sich nicht äußerte, war sie die erste gewesen, die ihn besuchte. Fröhlich war sie, immer zu Späßen aufgelegt, manchmal durchaus anziehend – und darauf aus, ihn vollständig zu erobern. Langsam und sorgfältig kreiste sie ihn ein, um ihn schließlich zur Aufgabe zu zwingen. Er war nicht mehr der Mann, dem sie Ende '37 nachgewinkt hatte. Äußerlich ja, aber sie fand ihn unzugänglich, seine Zurückhaltung war stärker geworden, wenn er sich auch seinen Charme bewahrt hatte, fast gegen seinen Willen, wie es schien. Sie mußte auf der Hut sein, mußte noch umsichtiger vorgehen.

Ende März hatte sie ihm vorgeschlagen, sich einen Tag freizunehmen. Die Sonne wärmte schon, und der Wind war gerade stark genug für eine kleine Segelpartie. Sie fuhren nach Reeuwijk. Den Ruder- und Segelclub würden sie fast verlassen vorfinden. Schon seit Monaten bereitete sich Chris auf die Übernahme der Firma vor. Sein Vater und er hatten noch nie soviel miteinander gesprochen, noch nie soviel Zeit miteinander verbracht. Mehr als einmal wurde der Wunsch, einfach davonzulaufen, fast übermächtig. Fort aus dem Büro, zurück nach Lübeck. Aber die tägliche Arbeit in der Firma, die Entschlossenheit seines Vaters, die Umfassungsmanöver seiner Freundin blieben nicht ohne Wirkung. Aus Deutschland hatte er keine Nachricht mehr erhalten, seine Unsicherheit, was Julias Gefühle anging, war gewachsen, ihr Schweigen wurde ohrenbetäubend. Langsam, aber sicher deckte es den Winter und Sommer in Lübeck zu. Und den Herbst, den November.

Gut, er nahm sich frei, mal sehen, was der Tag bringen würde.

Sie holte ihn mit dem Auto ab, er brauchte nur einzusteigen. Fast zwanzig Grad. Sie sang; recht schön, wie er fand. Und sie fuhr besser als er. Ihre grenzenlos gute Laune war ansteckend. Segeln? Verrückte Idee, sie konnten doch gar nicht segeln. Ab und zu eine Fahrt mit einem Ruderboot, so tun, als ob man's könnte, aber die Plackerei mit Segeln und Leinen und Fendern war eigentlich nicht sein Fall.

Das wußte sie auch. Sie parkte beim Clubhaus, nahm einen Picknickkorb vom Rücksitz und ging voraus. Forsch, nein, kühn wirkte sie, als wäre sie zu allem entschlossen. Er folgte ihr, die Sonne machte schon vieles gut, er war neugierig, wohin sie gehen würde. Ah, zu einem Motorboot, Gott sei Dank. Da stand Mannus, der Bootswart, offenbar froh, etwas tun zu können.

»Ideales Wetter«, sagte er zu Chris. »Und Ihre Dame ist gar nicht zu bremsen.«

Lachend bestiegen sie das Boot. Nagel auf den Kopf getroffen. Mannus, der Astrologe.

»Ihre Dame?«

Sie manövrierte das Boot an Reihen von Segelbooten vorbei. Hier und da sah man Bootsbesitzer mit Teereimern und Pinseln oder Deckschrubbern hantieren. Chris schaute sie von der Seite an. Er mußte zugeben, daß diese Fahrt keine so schlechte Idee war. Langsam näherte sich das Boot der Ausfahrt des nur aus Anlegestegen bestehenden Yachthafens, schaukelte ein wenig und nahm dann Fahrt auf. Sie trug eine Mütze, eine blaue mit weißem Schirm, die perfekte Schiffermütze.

»Mannus hatte sie für seine Tochter gekauft, er hat sie mir geliehen«, sagte sie zufrieden und schob den Gashebel noch weiter nach vorn.

Sie steuerte. Endlich bestimmte sie, wohin es ging. Tempo wollte sie und seine Aufmerksamkeit. Der erste schöne Morgen in diesem Frühjahr, die ersten Segel in der Ferne. Fischreiher, Haubentaucher, überall Inselchen aus Schilfrohr und Gras. Die Reeuwijkse Plassen, überschwemmte Sümpfe, ein Irrgarten aus kleinen Buchten, versunkenen Wiesen, man wußte kaum, wohin man fuhr oder welche Richtung man einschlagen sollte.

Sie hatte keinen festen Plan, Hauptsache, sie fuhren, sie konnte neben ihm sitzen, der Motor lief. Seit fast vier Monaten war er nun wieder zu Hause. Vier Monate ständig in der Fabrik. Chris konnte sich genau vorstellen, was sie dachte. Sie sah, daß er sich innerlich noch weiter von ihr entfernte, nicht mehr lange, und sie würde ihn endgültig verlieren. Den Mann, der sie seit Jahren faszinierte, der sie nicht an sich heranließ, der sie ignorierte, dann plötzlich wieder nett zu ihr war. Den sie haben wollte, der ihr Mann werden mußte, um jeden Preis.

Wirklich?

»Chris, auf dem Inselchen, auf das wir jetzt zufahren, trinken wir Kaffee, man hat da einen kleinen Bootssteg gebaut, an dem wir bequem anlegen können.«

»Du solltest zu uns in die Firma kommen, Leute mit Unternehmungsgeist sind immer willkommen.«

»Darf ich mich dann bei dir bewerben?«

Sie legte kurz ihre Hand auf seinen Arm. Er antwortete nicht, wollte an nichts denken, fühlte sich auf einen Entschluß zugleiten.

»Jetzt Achtung, Chris, nimm den Bootshaken, und paß auf, daß wir nicht den Anlegesteg rammen.«

»Nicht zu schnell, nicht zu schnell, Rückwärtsgang, ja, sehr schön, ausgezeichnet, so kann ich es leicht abfangen.«

»Na, Herr Direktor, hat das nicht gut geklappt?«

Chris Dudok, Direktor, einunddreißig Jahre alt, nicht verheiratet, noch nicht, betrat den Anlegesteg. Tippte an einen nicht vorhandenen Hut, streckte die Hand aus, um ihr heraufzuhelfen, nahm ihr die Tasche ab, hielt ihre Hand, während sie über den Steg gingen. Sie schaute ihn an, stopfte ein paar Haarsträhnen, die sich gelöst hatten, unter ihre Mütze und ging neben ihm zu dem Stückchen Wiese bei der Anlegestelle. Er sah die Glut in ihrem Gesicht, spürte die Hitze in ihrem Körper. Einen Anlegesteg lang hielt er ihre Hand, es war der Beweis seiner Rückkehr. Wie oft in den letzten Monaten war er ihr aus dem Weg gegangen, war er schroff zu ihr gewesen, hatte er sie angeschaut wie eine Fremde. Dies mußte der Anfang sein, dieser Faden durfte nicht abreißen. Ruhe bewahren, nichts anmerken lassen, nichts forcieren, deine Blicke, dein Blut dürfen dich nicht verraten, vergiß ihre Hand, ihre Nähe. Und schau nicht zurück, verlaß den Steg mit dem Boot, kehr nicht um. Wähle.

Chris schwieg, wie sie. Ein stiller Freitagmorgen voller Fragen. Er stellte sich vor, daß er sich eines Tages mitten in einer Antwort wiederfinden würde. Unbemerkt, ungewollt würde er mit ihr weiterleben, mit der Frau neben ihm. Thermoskanne, Decke, Tasche, Zukunft in Griffnähe. Ein sonnenbeschienenes Inselchen, wie geschaffen fürs Kaffeetrinken. Ein Stück Baumstamm zum Sitzen, ein Becher, den er ihr hinhielt, um sich Kaffee eingießen zu lassen, der Dampf vor ihren Mündern. Sie standen am Scheideweg, dies war der Moment des Vorwärts-oder-zurück, des Jetzt-oder-nie. Worüber soll ich schweigen? Chris schaute ihr zu, während sie weit die Tür ihrer Freiluftküche öffnete, den Kuchen schnitt, den Tisch deckte.

»Picknick, Chris, das ist doch mal wieder was anderes als Kaffeetrinken in der Fabrik.«

Er verbeugte sich, forderte sie auf, sich zu setzen, schob ihr feierlich den Baumstamm zurecht. Das Theaterstück ihres Lebens, später, jeder auf seiner Insel mit viel freiem Himmel und Kuchen. Und viel Schweigen.

Die Kaffeestunde wurde bis weit in den Tag hinein verlängert, bis zum Ende ihrer Jahre. Dort und an jenem

Tag, auf der kleinen Insel in den Reeuwijkse Plassen, hatte sie gewonnen. Oder verloren. Oder beides. Hinterher hat man leicht reden, hinterher konnte man leicht sagen, das Motorboot sei ins falsche Fahrwasser geraten. Die kleine Insel hatte die Form eines Kommas, sah er, als sie zurückfuhren. Er machte sie darauf aufmerksam.

»Schau mal, unsere Insel sieht wie ein Komma aus, die Geschichte geht weiter.«

»Oder wie ein Fragezeichen. Man könnte auch eine Ohrmuschel darin sehen. Die Geschichte hat gerade erst angefangen.«

Sie lachten über dieses Spiel mit Bildern. Er fand sie an diesem Tag um vieles anziehender und liebenswerter als je zuvor. Zurückhaltung war ihr Geheimnis gewesen. Intimität mit einer Armlänge Abstand, Verführung auf Zehenspitzen, sie beherrschte die Kunst. So fröhlich, wie sie losgefahren waren, kehrten sie zurück. Mannus fing die Leine auf, die sie ihm zuwarfen, fragte, wo sie gewesen seien und ob sie den Goldregenpfeifer gesehen hätten. Aber darauf hätten sie wohl nicht geachtet, davon hätten sie wahrscheinlich nie gehört. Es begann zu regnen, sie waren gerade rechtzeitig zurückgefahren. Die letzten Boote legten an, ringsum schleppte man Segel über die Stege.

14

Die Sterne über Dudoks Liegestuhl verblaßten. Der nahende Morgen entfärbte den Himmel, machte ihn kühler, unschärfer.

Er fühlte wieder die Kälte oder Hitze des leichten Fiebers, der Angst oder der Anspannung. Nein, keine Angst, keine Anspannung, keine Verzweiflung mehr. Ohne Vorwarnung breitete sich aus der Tiefe seines Leibes ein Vibrieren aus, das in ein unbeherrschbares Zittern der Beine überging, es war auch in seiner Brust. Er schlug die Decke zurück, trank ein wenig Wasser und versuchte, sich zu beruhigen. Es gelang nicht, das Beben in seinen Gliedern hielt an, als wäre sein Körper der Seismograph des Kommenden. Er beobachtete sich, sah, daß seine Beine zitterten, seine Brust und seine Schultern ein Eigenleben führten, seine Hände die Armlehnen umklammerten. Die Stunde des Strandens, das nahe Riff, der knirschende Kiel, kein Mensch an Deck, keine Hilfe weit und breit. Der Nachthimmel über ihm blieb unbewegt, lautlos. Ein verödetes All.

Unerträglich, dieses unbeherrschte und eigenmächtige Verhalten seiner Glieder. Bis eben war er Herr seines Vorhabens gewesen, vollkommen ruhig und klar und über alles Zaudern hinaus. Van Dijk war ahnungslos weitergefahren und er selbst wie geplant nach Hause gegangen, na gut, gestolpert, nachtblind, gerettet von der

Tochter der Nachbarn – sie würden sie jetzt wohl bald wecken. Hatte er die Lampen ausgeschaltet? Die Haustür geschlossen? Das Zittern ließ nach, in den Beinen zuerst, der Sturm in seinen Adern schien sich zu legen. Schließlich beruhigte sich auch die Brust, zuletzt die Arme. Augenblicke der Beklemmung und nun seltsamerweise das Gefühl, gerade noch rechtzeitig gerettet worden zu sein. Er würde auf das Aufgehen der Sonne warten.

Wieviel Kraft ihn das Jahr nach seiner Rückkehr gekostet hatte. Überallhin hatte sie ihn mitgenommen, zu Bootsfahrten, Abendessen, Festen. Ihr Einfallsreichtum kannte keine Grenzen, sie versuchte, ihm etwas von ihrem unverwüstlichen Optimismus abzugeben. Aber er wußte, daß sie manchmal an ihm verzweifelte, es kam immer noch vor, daß er sie nicht an sich heranließ, sich hinter der Arbeit in der Fabrik verschanzte. Dort übertrug ihm sein Vater immer mehr Aufgaben, keinen Tag ließ er ungenutzt, um ihn in die Feinheiten und Geheimnisse seines Berufs einzuweihen. Seines Berufs? Leiter der Fabrik zu werden bedeutete für ihn nicht, einen Beruf zu ergreifen, sondern vor vollendete Tatsachen gestellt zu werden, eine furchtbare Pflicht auferlegt zu bekommen, die nicht seiner Natur entsprach. Sein Betriebswirtschaftsstudium erwies sich als vollkommen wertlos, und alles, was er gelernt hatte, war ihm zuwider und im Weg.

Der erste Arbeitstag ohne seinen Vater war eine verstörende Erfahrung gewesen. Er hatte vor allem das Ticken der Uhr gehört, einer altmodischen Uhr mit dumpfem Schlag zu jeder halben und vollen Stunde. Der Tag verging halbstundenweise am leeren Schreibtisch, hinter der Tür herrschte Stille. Er las die Zeitung, sah Aufträge durch, wollte in die Zeichenabteilung gehen, tat es aber nicht. Am späten Nachmittag, die Sekretärin hatte gerade das Teegeschirr abgeräumt, kam sein Vater herein. Er hatte vermutlich auch einen Tag des Abwartens hinter sich, hatte immer wieder auf die Uhr geschaut und sich gefragt, ob er nicht doch ins Büro gehen solle.

»Na, Chris, hat alles geklappt?«

Blaß und abwesend saß Chris an dem Schreibtisch, an dem dreißig Jahre lang sein Vater gearbeitet hatte. Der Sohn, der von der Luft hatte leben wollen, von Büchern und Reisen. Für den es kein Grund zur Freude war, daß man ihn nun hier finden konnte.

Vor vielen Jahren hatte sein Vater ihn einmal gesucht, als er ihn von *De Bredelaar* abholte. Chris war damals zehn oder elf gewesen. Später hatte sein Vater ihm in einem Anflug ungewöhnlicher Offenheit davon erzählt, und Chris konnte sich noch an jedes Wort erinnern. Die Scheune und die Ställe, die großen Obstgärten, die vielen Hektar Land bis zum Horizont beeindruckten seinen Vater jedesmal aufs neue, gestand er. An jenem Tag war Chris schon seit dem Morgen nicht mehr im Haus gewesen, er wußte, daß er abgeholt werden sollte. Endlich fand ihn sein Vater. Er lag auf dem Boden, den Kopf auf der Flanke eines Kalbs. Wind zauste seine Haare. Das Kalb war tot, in den offenen Augen saßen Fliegen. Als sein Vater zu ihm ging und auf Chris' blasses Gesicht hinabschaute, sah er nicht die kleinste Spur von Freude über dieses Gefundenwerden. Mit ausdruckslosem, fast leerem Blick hatte er neben dem Kalb gelegen, wehrlos.

»Es ist gefallen, Vater, und nicht mehr aufgestanden.«

Das war alles, was er gesagt hatte. Dann war er mit ihm zurückgegangen, noch stiller als sonst, als wäre er nicht wirklich da.

Das Jahr '39, in dem er geheiratet hatte. Doch noch. Das Land in Alarmbereitschaft, die Fabrik voll ausgelastet, Aufträge aus England und Deutschland, der Wettlauf hatte begonnen, und dabei waren anscheinend sogar Milchpulvermaschinen wichtig.

Diesmal war es Chris, der sie zu einem Ausflug nach Reeuwijk einlud. Dasselbe Boot, dieselbe Insel, schönes Wetter wie ein paar Monate zuvor. Aber als sie über den Anlegesteg gegangen waren und zu ihrer Picknickwiese kamen, ließ er ihre Hand nicht mehr los. Er fragte, ob sie ihm ihre Hand lassen wolle. Vorerst, meine er, solange sie es wünsche, jedenfalls eine ganze Reihe von Jahren, also ... ihr Leben lang. Er glaube, daß er es wagen könne, oder besser gesagt, er würde sehr gern ... na ja, es klinge vielleicht seltsam, aber würde sie vielleicht darüber nachdenken, ob sie ihn heiraten wolle?

Ein derart unbeholfenes Gestammel hatte sie bestimmt nicht oft gehört und kaum eine stärker verklausulierte Liebeserklärung. War es denn eine? Sätze zwischen Verzweiflung und Aufrichtigkeit, er verhedderte sich in seinen Versuchen, das eine Wort schnell durch ein anderes abzuschwächen. Als müsse er eine Bergwand doppelt und dreifach gesichert erklettern, Wort für Wort zum Gipfel, wo man freien Blick hatte, wo der Himmel klar war. Aber das Schwerste, das untragbar Schwere, war noch nicht gesagt, er konnte es nicht verschweigen und wollte es doch nicht aussprechen.

Rings um das sumpfige Inselchen wurde gesegelt und gepaddelt, kleine Flugzeuge waren in der Luft, Mobilisierung überall. Soldaten ruderten vorbei, Übungen einer von vornherein geschlagenen Armee.

Wie betäubt saßen sie dort zwischen Glück und Untergang. Denn er hatte es ihr doch gesagt. Daß er niemals Kinder haben wollte. Niemals Kinder. Sie hörten die Haubentaucher auf dem Wasser, einen Fisch, der sprang. Er hatte sein Gesicht abgewandt, als er es aussprach, das Urteil eines Ohnmächtigen, und doch klang darin eine außergewöhnliche Entschlossenheit durch.

Sie fragte nicht, warum, sie fragte nicht, seit wann, sie fragte nichts. Sie sagte nichts, antwortete nicht, sie ertrug seine Worte nur mit Mühe.

Er selbst auch, er konnte sich kaum vorstellen, wie es weitergehen sollte, er konnte sich nicht einmal genau an ihre Antwort erinnern, hatte sie ja gesagt, hatte sie eingewilligt?

Sie nahm seine Hand, schaute sie an, streichelte sie kurz. Und hielt sie fest.

Ein Wasserflugzeug landete in der Nähe der Militärboote, sie sahen, wie ein Schlauchboot aufgeblasen wurde, mit dem zwei Mann zu entkommen versuchten, verfolgt von der anderen Partei. Kriegsspiele. Wenn sie heiraten wollten, mußten sie sich beeilen.

Er tat diesen Schritt mit offenen Augen, sie mit geschlossenen, denn sie träumte, daß auch dies vorübergehen, daß eines Tages das Kind dasein würde.

15

Er betrat die stählerne Welt der Frankfurter Messe. ACHEMA, internationale Messe für Chemie und Technik. Hallen wie gigantische Lampengeschäfte, Glaskolben, Maschinen, Apparate, wohin man schaute. Dreizehn Jahre nach Kriegsende, sechzehn Jahre nach dem Angriff auf … nein, halt, nicht daran denken, weg damit, zudekken, vergessen.

Chris ging zu seinem Stand in Halle 4. Die Messe, zurück im Land des Feindes, im Land der Enttäuschung und eines unstillbaren Verlangens. Seit '38 war er nicht mehr in Deutschland gewesen, seit seinem schmählichen, teuer bezahlten Rückzug.

Den Zug nach Frankfurt hatte er im selben Bahnhof bestiegen, in dem er damals wie ein entflohener Verbrecher angekommen war, nur von einem Gepäckträger empfangen. Und nun hatte er sich wieder in dieses Land geschlichen, leise, wie er sich hinausgeschlichen hatte; als wäre keine Zeit vergangen, als hätte es keinen Krieg gegeben. Die Landschaft hatte scheinbar kein Gedächtnis, sie ließ sich nichts anmerken, blieb unbewegt, eine Folge von Häusern, Bäumen, Hügeln, Straßen, die am Zugfenster vorbeiglitten, eine lange Kadenz der Unschuld. Scheinbar. Das Land stürzte sich auf ihn, Julia stand auf jedem Bahnsteig, wartete an jeder Schranke, hier auf einem Fahrrad, dort in einem Auto. Lange Kadenz der Vergangenheit, lange Folge von Schuld und Ohnmacht.

Er hatte unbedingt allein reisen wollen. Die anderen waren vorausgefahren, er würde sie finden. Seit einigen Jahren exportierte die Firma wieder nach Deutschland, seine Ingenieure und Monteure hatten längst ihren Frieden mit dem Nachbarn gemacht. Er hatte sich bisher geweigert. Ein beklemmendes Gefühl, in dieses Land zu reisen, durchs Ruhrgebiet. Wirtschaftswunderland. Grimmige Ironie der Geschichte, daß man hier fröhlich pfeifend aufbaute, daß scheinbar unversiegbare Geldströme den fruchtbaren deutschen Boden bewässerten.

Der Frankfurter Kopfbahnhof überwältigte ihn. Ein Betrieb, wie Chris ihn seit Jahren nicht erlebt hatte, wimmelnd, geordnet, munter. Eine Lärmglocke stülpte sich über ihn, er glaubte das Wachsen der Stadt zu spüren, während er über den Bahnsteig ging. Die Taxifahrt zum Messegelände war kurz. Er ließ seinen Koffer im *Hessischen Hof*, wo ein Zimmer für ihn reserviert war.

Langsam schoben sich die Menschenmassen in die Halle, er überließ sich dem Strom. Die Fabrik stellte Apparaturen für die chemische Industrie her, eine Welt für sich, die ihm durch die Messen in Paris und London vertraut war. Aber die ACHEMA war das größte Spektakel auf diesem Gebiet, die Chemie schien eine deutsche Erfindung zu sein.

Bevor er seinen Stand erreichte, hatte er schon zahllose Hände geschüttelt. Franzosen, Belgier, Italiener. Dreizehn Jahre nach dem Krieg, und alle entfalteten eine fieberhafte Tätigkeit, schauten voller Optimismus in die

Zukunft. Wach, erfinderisch, ständig auf der Suche nach Absatzmöglichkeiten, neuen Partnern. Ein großer Jahrmarkt ohne Vergangenheit oder eigentlich ein einziges riesiges Karussell, auf dem die Kaufleute immer im Kreis fuhren, einer hinter dem anderen her. Das Paradies des Vertreters, das Walhall des Ingenieurs.

Die Füße wurden ihm schwer wie Blei. Er ließ sich viel Zeit auf dem Weg zu seinem Stand, als wartete dort Kummer auf ihn. Bei dem Gedanken, von jetzt an mehrere Tage lang mit unbekannten Kunden sprechen zu müssen, immer höflich, freundlich, entgegenkommend, erfaßte ihn Widerwille.

Sein Terminkalender war angefüllt mit Verabredungen, Empfängen und Abendessen. *Frankfurter Hof*, Schauspielhaus, er sah alldem mit Schrecken entgegen, warum hatte er sich überreden lassen, zur Messe zu fahren. Sein Bruder hatte ihn gedrängt: »Man« wolle den Direktor der Firma sehen, drei oder vier wichtige Verträge seien zu unterzeichnen, er müsse einfach dabeisein. Er bereute es jetzt schon, daß er gekommen war. Er hatte gehofft, sein Widerwille würde verfliegen, hatte geglaubt, wieder frei zu sein, frei von den Dingen, die in diesem Land geschehen waren.

Frei?

Was für eine Vorstellung, eine dumme Vorstellung, spießig, erbärmlich, ekelhaft. Frei – ja, als Schuljunge hatte man sich manchmal frei gefühlt, die letzte Stunde fiel aus, der Mathelehrer war krank, die Klassenarbeit blieb einem erspart, und man hatte frei, konnte in die Stadt gehen, ein unerwartetes Geschenk von genau einer Stunde. Das, wovon er frei werden mußte, war von anderer Art. Wie befreit man sich von den glücklichsten Monaten seines Lebens? Wie schüttelt man Erinnerungen an Ereignisse ab, die das Leben in eine andere Richtung gezwungen haben, an einen Abschied, der einem die Seele geraubt hat? Wie?

Er war in Julias Land. Vielleicht hatte sie diese Halle nie betreten, aber sie wäre hier richtig gewesen: Ingenieure, wohin man schaute. Und war es denn undenkbar, konnte sie nicht plötzlich zwischen den Ständen auftauchen, in ein Gespräch mit Kollegen vertieft? Träumer, Phantast, Illusionist, hör auf, komm zu dir. Erfüll deine Verpflichtungen, zwäng dich durch die Menge, zwing dich, Augen und Ohren aufzusperren.

»Chris, hier sind wir! Schön, daß du da bist!«

Er hatte sein Ziel im Labyrinth der Messegänge erreicht. Die aufgestellten Maschinen, die bekannten Gesichter holten ihn in die Gegenwart zurück. Er würde tun, was zu tun war: plaudern, willkommen heißen, anpreisen, die Kunden unterhalten.

Der Tag entsprach den Erwartungen. Chris hatte keine Gelegenheit, über irgend etwas anderes als geschäftliche Dinge nachzudenken. Der Lärm der Messehalle summte und dröhnte ihm in den Ohren. Nach einigen Stunden fühlte er sich, als sei er gerade aus einer Narkose erwacht. Oder gestorben und kurz vor der Auflösung. Aber dann ließ der Betrieb plötzlich nach, es war gegen fünf, man ging ins Café, ins Hotel, ins Freie.

Chris trank eine Tasse Tee an einem Tischchen am Rand des Messestands, während hinter ihm sein Bruder und ein Mitarbeiter konzentriert über Fachliches sprachen. Er schnappte Zahlen auf, Namen von Kunden, technische Daten eines neuen Maschinentyps. Er hörte nicht zu, ließ die Stimmen beruhigend auf sich wirken und starrte in die Gassen des Apparatedorfs; was er sah, zerbröckelte vor seinen Augen. Leerlauf, ein geduldiger Motor, der aufs Einkuppeln wartet. Jemand näherte sich dem Stand, sehr langsam kam er durch die Gasse, in die Chris blickte. Seine Hand mit der Teetasse blieb in der Luft hängen, sein Mund vergaß das Trinken. Er kannte diese Gestalt, er erkannte diesen Gang, das Blut rauschte in seinen Ohren, es konnte nicht sein, bestimmt irrte er sich. Knollenberg. Der Mann, der dort heranschlenderte, mußte Knollenberg sein.

Es war Knollenberg. Um so viele Jahre gealtert, um so viele Jahre grauer und schwerfälliger, aber trotzdem noch das gleiche blasse Gesicht mit dem leicht abweisenden Ausdruck. Chris stand auf, wollte sich davonmachen, bevor es zu spät war, rührte sich aber nicht von der Stelle. Er konnte es nicht, so gern er auch fortgelaufen wäre.

Knollenberg hatte den niederländischen Stand jetzt fast erreicht. Noch war ihm anscheinend nicht klar, wer sich da zu seiner Begrüßung erhob.

Dann blieb er stehen. Er erstarrte, strich sich über das spärliche Haar.

»Herr Dudok?«

»Herr Knollenberg, ja, ich bin es wirklich. Ich hatte Sie schon kommen sehen, wie geht es Ihnen? Ich hätte nicht gedacht, daß ich Sie hier treffen würde. So ein Zufall! Natürlich würde ich Sie gern an unseren Stand einladen, aber mein Bruder und ich haben gleich noch einen Termin.«

Chris schwieg einen Moment. Auf keinen Fall wollte er ein Gespräch mit Knollenberg anfangen, wenn Coen in der Nähe war.

»Aber vielleicht könnten wir uns heute abend treffen?«

»Selbstverständlich, Herr Dudok, gern. Aber wie geht es Ihnen, wie schön, Sie wiederzusehen, Sie haben also alles überlebt?«

»Ich glaube, das müßte ich eher Sie fragen. Wäre es Ihnen recht, wenn wir uns heute abend im *Hessischen Hof* sprechen würden, um zehn Uhr in der Lobby?«

Knollenberg deutete eine kleine Verbeugung an, nickte, bestätigte Ort und Zeit und ging zögernd weiter.

Chris setzte sich wieder, drehte sich zu seinem Bruder um, der immer noch sprach. Fast fühlte er sich ertappt, er hoffte, daß Coen den Mann nicht bemerkt hatte. Knollenberg. Wie oft war er kurz davor gewesen, sich mit dem Lübecker in Verbindung zu setzen, nach dem Krieg. Um ihn zu fragen, ob er etwas über Julia wisse, nur das interessierte ihn. Knollenberg selbst konnte ihm gestohlen bleiben.

Aber er hatte sich nicht dazu aufgerafft, hatte es immer wieder hinausgeschoben. Er wußte es ja, auch ohne daß Knollenberg es ihm sagte. Er wußte ja auch so, daß sie tot war. Ermordet, verschleppt, was auch immer ihr geschehen war, sie war nicht mehr da, er würde sie nie mehr sehen.

Immer war sie da.

16

Im *Hessischen Hof*, halb zehn. Chris hatte vor Knollenberg am verabredeten Ort sein wollen. Ein kleines Sofa, ein niedriger Tisch, ein Sessel – das Eckchen, das er freihielt, war nicht weit von der Bar entfernt und doch etwas abseits der vielen anderen Sitzgelegenheiten. Denn es wurde voll, Messebesucher pflegten hier ihre Kontakte, und mit jedem Glas stieg der Geräuschpegel. Große Herzlichkeit drohte, zu später Stunde sogar Verbrüderung. Chris registrierte das alles, passiv, resigniert. Immer noch konnte er nicht richtig nachdenken, er war benommen. Die Begegnung mit dem alten Direktor der Lubecawerke hatte ihn völlig aus dem Gleichgewicht gebracht. Plötzlich Auge in Auge dem Mann gegenüberzustehen, den er fast ein Jahr lang jeden Morgen in seinem Büro aufgesucht hatte, um die täglichen Aufgaben durchzusprechen. Dem Mann, der Julia ohne Pardon entlassen hatte, wenn es ihm auch, wie Chris sich erinnerte, nicht leichtgefallen war.

Lubecawerke, Lübeck. Wie sollte das jemals enden.

Das Abendessen, das den Vertragsabschluß mit einer französischen Firma krönte, hatte er noch vor dem Portwein verlassen. Man hatte geplaudert, sich angelächelt, Hände geschüttelt, vom nächsten Mal gesprochen. Er hatte seinem Bruder geistesabwesend zugewinkt und sich bis zum Morgen verabschiedet. Das Hotel, in dem

Coen mit den Angestellten wohnte, war in einem anderen Teil der Stadt. Der *Hessische Hof* lag schräg gegenüber dem Eingang des Messegeländes, hier wohnten die Direktoren.

So widerwillig, wie er am Morgen die Messehalle betreten hatte, war er vorhin die breiten Stufen zum Hotel hinaufgestiegen. Im Dunkeln fuhren ständig Taxis vor, das gedämpfte Licht aus der Hotelhalle war wie ein Leitfeuer in der spärlich beleuchteten Straße. Er nahm die *Frankfurter Allgemeine* vom Tisch, nur um sie gleich wieder wegzulegen, die Schlagzeilen und Nachrichten berührten ihn nicht. Er wartete.

Er bereute seine spontane Einladung. Warum hatte er sich mit Knollenberg treffen wollen? Um Antworten zu bekommen, die er ohnehin kannte, um zu schweigen, sich Rechtfertigungen anzuhören, auf die Erneuerung ihrer Bekanntschaft anzustoßen, auf die Zukunft, auf Europa? Natürlich hatte sich auch Knollenberg seine Version der Vergangenheit zurechtgelegt, er würde ihm von den furchtbaren Jahren erzählen, in denen die Nazis das deutsche Volk getäuscht, verraten und terrorisiert hatten. Chris kannte diese Geschichten, aber er konnte sich auch noch gut erinnern, wie gern sie alle mitgemacht hatten, wie auch die Lubecawerke vibriert hatten vor Begeisterung und Eifer.

Die Uhr über der Bar zeigte zehn, ein Kellner blieb an seinem Tischchen stehen und fragte ihn, ob er etwas trinken wolle. Deshalb sah er Knollenberg nicht eintreten.

»Guten Abend, Herr Dudok, ich hoffe, ich habe Sie

nicht warten lassen.« Und gleich darauf zum Kellner: »Die Getränke gehen auf meine Rechnung, Ernst.«

»In Ordnung, Herr Knollenberg.«

»Ich kenne Ernst, weil ich zweimal pro Woche hierherkomme, ich wohne zur Zeit in Frankfurt.«

Seine Selbstsicherheit hatte Knollenberg nicht verloren. Seine ruhige Sprechweise, sein bestimmtes Auftreten kündigten jedenfalls keine Rechtfertigungen an. Er war gealtert – wie denn auch nicht –, aber gleichzeitig zugänglicher geworden, sogar freundlicher, stellte Chris fest.

»Was für ein Glück, Sie zu treffen, Herr Dudok, ich habe oft an Sie gedacht.«

Die Einleitung verwirrte ihn. Warum sollte der Deutsche an ihn gedacht haben?

»Julia hat viel von Ihnen gesprochen.«

In diesem Moment stellte Ernst die bestellten Getränke auf den Tisch. Knollenbergs Gesicht verschwand hinter dem weißen Kellnerjackett.

Was hatte er gesagt? Julia habe viel von ihm gesprochen? Mit Knollenberg? Als ob die beiden gute Bekannte gewesen wären, dabei hatte er sie entlassen, er hatte ihn sogar vor ihr gewarnt. Lassen Sie sich nicht mit Fräulein Bender ein, sie gehört nicht mehr zu uns – nach all den Jahren hatte er immer noch Knollenbergs Verdikt im Ohr.

Julia hat viel von Ihnen gesprochen – er mußte ihn falsch verstanden haben. Sie gehört nicht mehr zu uns, dieses Für-tot-Erklären hatte er als ganz schrecklich empfunden. Am liebsten wäre er fortgerannt und nicht wiedergekommen. Aber er konnte nur in Lübeck und vielleicht mit Julia in Kontakt bleiben, solange er bei Lubeca blieb.

Dieses perfide »zu uns«. Für wen stand das »uns«? Wohl für das Pack, das durch die Straßen stampfte, all die Fackelträger und die biederen Bürger, die nichts gehört und gesehen und ganz bestimmt nichts gewußt hatten. Die Knollenbergs und die anderen Direktoren, die Ingenieure und Architekten, alte Kollegen und Kameraden, die miteinander durch dick und dünn gingen.

Wo die Leute Wörter wie »wir« und »uns« gebrauchten, mußte man auf der Hut sein. Dort war immer ein »die« im Spiel, und »die« entließ man, oder man bedrohte oder denunzierte sie.

Knollenberg und Julia hatten von ihm gesprochen. War das nur Gerede, ein Versuch, ihn einzuwickeln? Auf jeden Fall war er erst einmal überrumpelt, er schaute dem Kellner nach, als sähe er ein Gespenst, bis er den Blick wieder dem Mann zuwandte, der ihm geduldig abwartend gegenübersaß.

»Kannten Sie überhaupt Julia Bender, die Ingenieurin, die Sie Knall auf Fall vor die Tür gesetzt haben?« fragte er, aggressiver, als es seine Absicht gewesen war.

Knollenbergs Gesicht wurde blaß und bekam wieder das Unergründliche, an das Chris sich erinnerte.

»Wir waren danach noch vier Jahre in Kontakt, in denen ich ihr ab und zu helfen konnte, und ein paarmal hat sie bei meiner Frau und mir gewohnt. Sie war schließlich eine Freundin.«

Dudoks Verwirrung war jetzt vollkommen, und das war ihm anzumerken. Knollenberg wollte noch etwas sagen, aber diesmal kam Chris ihm zuvor.

»Julia ist tot, das habe ich schon immer vermutet, sehr lange schon.«

»Ja, Herr Dudok, sie ist tot. Sie ist bei dem Angriff auf Lübeck umgekommen, Ende März 1942.«

Wenn er es auch gewußt hatte, wenn es auch nicht anders hatte sein können, die Bestätigung durch Knollenberg konnte er kaum ertragen. Aber auch jetzt blieb er sitzen, wie damals im Büro, als das Urteil über Julia gesprochen worden war.

Die Stimmung in der Lobby wurde immer ausgelassener. In einiger Entfernung umarmte ein Mann eine Frau, dafür gab es einen kurzen Applaus, aus einem Gang war Geigenmusik zu hören.

Nicht hinschauen, Chris, weiterreden, hatte sie gesagt, als die kleine Kolonne von Braunhemden durch die Drehtür des *Café Elsaß* marschiert kam. Julia Bender tot. Julia Bender von den Engländern weggebombt. Julia Bender, die er Hals über Kopf verlassen hatte.

»Ich kann es Ihnen erklären, Herr Dudok, ich verstehe Ihre Bestürzung und Verwirrung sehr gut. Aber glauben Sie mir, daß es mir immer noch weh tut, über Julia zu sprechen, über ihr gehetztes Leben und ihren sinnlosen Tod.«

Knollenbergs Worte klangen sanft und überzeugend. Er sprach den Namen Julia so vorsichtig aus, so behutsam. Chris glaubte ihm, wollte ihm glauben. Er brauchte nicht zu fragen, Knollenberg erzählte von sich aus. Hin und wieder, wenn Chris etwas nicht verstanden hatte, erklärte er geduldig die Einzelheiten.

Am Tag von Julias Entlassung waren ihm die Augen aufgegangen. Morgens hatte er Besuch von der Gestapo bekommen, an dem Morgen nach der Theateraufführung. Man hatte ihm ohne Umschweife mitgeteilt, Fräulein Bender sei zu entlassen, und zwar sofort. Sie sei die Schwester eines Kommunisten. Und Kommunist zu sein war die schlimmste Schuld, die ein Mensch auf sich laden konnte, außer Jude zu sein natürlich.

Er hatte noch erwidert, daß sie eine hervorragende Kraft sei und hart arbeite, aber sie hatten ihn nur kalt gemustert.

»Sie sind gewarnt«, mit dieser einstudierten Drohung hatten sie sich verabschiedet. In der Sprache jener Zeit bedeutete das soviel wie: Anordnung unverzüglich ausführen, oder wir finden für dich ein Plätzchen in Dachau oder Buchenwald oder an einem ähnlichen Ort.

Er hatte die Kündigung geschrieben, eigenhändig und nicht auf Firmenpapier, sondern auf seinem privaten. Die Sekretärin hatte den Brief nicht in die Hände bekommen, niemand durfte wissen, was darin stand. Er war das Risiko eingegangen, das Schreiben dem jungen Holländer anzuvertrauen. Und das Risiko, Julia die Wahrheit zu schreiben.

Daß er, Knollenberg, sie entlasse, aber unter Zwang. Daß er ihr seine Hilfe anbiete für den Fall, daß sie Hilfe brauche. Er hatte ihr die Adresse seines Bruders in Weimar genannt, auch er konnte ihr weiterhelfen. Was er tat, war gefährlich. Konnte er sicher sein, daß sie keine Provokateurin war? Er hatte es gewagt, er konnte sich nicht vorstellen, daß von ihr Gefahr drohte.

Knollenberg erzählte. Von seinem Erwachen aus dem Nazi-Traum und wie die Wirklichkeit nach diesem Erwachen aussah. Im Sommer '38, als Chris so oft nach Travemünde gefahren war, hatte er Julia ein paarmal bei sich aufgenommen. Ab und zu wohnte sie im Haus seines Bruders, meistens reiste sie durchs Land und fand vorübergehend Unterkunft bei Freunden, hauptsächlich in Berlin.

Die Polizei schien nach einiger Zeit das Interesse an ihr verloren zu haben, trotzdem mußte sie vorsichtig bleiben, im Reich der Willkür konnten alte, geschlossene Akten jederzeit abgestaubt und wieder geöffnet werden.

Sie war keine Kommunistin, keineswegs. Sie war vollkommen unabhängig, sah die unerträglichen Zustände mit klarem Blick, sprach darüber mit ihm, mit wer weiß wie vielen anderen. Mit ihr zu sprechen war eine Wohltat. In einer von Zensur und Mißtrauen vergifteten Atmosphäre konnte man eigentlich mit kaum jemandem sprechen, aber in ihrer Gegenwart fühlte man sich frei, unbedroht, das machte ihre rückhaltlose, verwegene Offenheit.

Sie durchschaute die Propaganda und die politischen Manöver, sie demaskierte den Terrorstaat, geißelte die Ohnmacht des Bürgertums, die Schwäche der Generäle, das Schweigen der Kirchen, von einer Handvoll Abweichler abgesehen. Und sie wußte, daß Zehntausende, die das Regime zu Feinden erklärt hatte, in Lager eingesperrt waren. Sie konnte die Lager aufzählen, bei der und der Stadt, bei diesem Dorf, jener Fabrik, jenem Wald. Lange vor der berühmten Kristallnacht, schon im Sommer, berichtete sie von Kristalltagen in Berlin, in München, in Leipzig.

Allein schon die Informationen, über die sie verfügte, konnten lebensgefährlich sein. Er fragte nie, woher sie stammten, glaubte ihr aber aufs Wort. Es war die Wahrheit, ohne Zweifel, wenn man die Augen aufmachte, konnte man überall die Zeichen erkennen.

Immer öfter hatte sie Chris Dudok erwähnt. Nach der Kristallnacht hatte sie eine Woche bei Knollenbergs gewohnt. Sie schien erleichtert zu sein, daß Chris das Land verlassen hatte, aber es klang nicht fröhlich, wenn sie davon sprach. Es war in jenen Tagen nicht leicht, mit ihr auszukommen.

»Sie waren ihr Geliebter, Herr Dudok?« Er fragte es, als kenne er die Antwort seit langem.

Chris nickte, blieb stumm. Eine sehr direkte Frage, eine schwierige Frage. War er ihr Geliebter gewesen, durfte er sich so nennen? Ein paar Stunden, einen Sommer lang, Monate der Vorbereitung. Geliebter, ein Glanz umgab dieses Wort, er hätte es nicht auszusprechen gewagt. Knollenberg tat es.

»Haben Sie ihr denn nicht geschrieben, haben Sie sie nicht gesucht oder sie nicht erreicht, hatten Sie nichts abgesprochen?«

Die Rollen schienen vertauscht zu sein, Knollenberg stellte Fragen, beinahe vorwurfsvoll, und Chris mußte antworten. Er konnte es nicht. Natürlich hatte er sie wiedersehen wollen, ein paarmal war er kurz davor gewesen, nach Lübeck zu fahren. Aber er fühlte sich an sein Versprechen gebunden. Sie hatte ihn gezwungen, fortzugehen, fortzubleiben und sie nicht zu suchen, nie. Sie hatte gesagt, sie werde ihn finden. Er hatte gehofft, daß bald Schluß sein würde mit dem Wahnsinn in Deutschland. Hatte abgewartet, in dem Glauben, es könne nicht mehr lange dauern. Ein schwerer Irrtum.

Ihr Geliebter, eine Frage, die sich nicht beantworten ließ. Es war unmöglich, Knollenberg begreiflich zu machen, wie sehr Julia sein Leben beherrscht hatte oder vielleicht eher zum Stillstand gebracht, denn manchmal kam es ihm so vor, als habe sich nach Julia in seinem Leben nichts mehr ereignet, gar nichts.

Wie lange hatte sie schon dort gestanden, als er gegen fünf Uhr nach Hause kam, wo war sie gewesen? Wie sie ihre Wange in seine Hand geschmiegt hatte, den Kopf zur Seite geneigt, die Augen geschlossen. Ihr Mund zum Kuß geformt, mit so vollkommener, so selbstverständlicher Hingabe. In der Ferne Glut von Bränden, auf der Straße unverständliche Rufe, hinter manchen Fenstern noch Licht.

Die Nacht, die nicht mehr enden sollte, Manifest der Vernichtung, vom Führer unterzeichnet.

Das liebe Gesicht in seiner Hand. In seinem Zimmer waren sie stehengeblieben, nah beieinander, er hatte ihr aus dem Mantel geholfen, ihre Arme hatten ihn umschlossen und nicht mehr losgelassen. So hatte noch niemand geliebt, noch nie hatten zwei Menschen sich so umarmt, einander so tief berührt, verzaubert, träumend bis zum Hellwerden. Ihr Geliebter?

Naiv gefragt, in der Sprache der Henker, der Vergangenheit, der Sprache verflogener Hoffnungen und verpaßter Gelegenheiten. Er gab keine Antwort, Chris Dudok wußte nicht, was er sagen sollte, und schwieg deshalb.

Knollenberg bemerkte seine Verlegenheit und setzte den Bericht zögernd fort. Einen fragmentarischen Bericht verständlicherweise, Fetzen von Julias Leben, nur was er erfahren hatte und woran er sich noch erinnern konnte. Aus allem hörte man Bewunderung heraus. Seine Geschichte klang wie ein Musikstück, das ihn bei jedem Spielen aufs neue begeisterte.

Ob er wisse, daß sie in der Kristallnacht zwei Juden, ältere Leute, vor dem Überfall gewarnt und bei anderen Helfern untergebracht habe, damit sie nicht der SA in die Hände fielen? Ob sie ihm erzählt habe, daß sie überall Kontakt zu Nazigegnern hatte? Ob er ihre Berliner Freunde gekannt habe, Leute, die später Juden versteckt, Lebensmittelmarken gefälscht, Flugblätter geschrieben und verteilt hätten?

Also doch eine Kommunistin? Hatte nicht Knollenberg selbst das einmal behauptet? Chris erinnerte sich, wie das böse Wort ihn gestört, wie es, achtlos ausgesprochen, ihn einen Moment lang mißtrauisch gemacht hatte. Aber ihm war an ihr nie etwas aufgefallen, was darauf hindeutete. Kommunisten hingen düsteren Theorien an. Sie nicht. Nach dem, was er über Kommunisten gelesen hatte, konnte das nicht ihre Welt gewesen sein. Erst jetzt wurde ihm klar, daß Knollenberg sie vielleicht vor ihm, einem Ausländer, schützen und ihn selbst hatte abschrecken wollen.

»Und auch als Julia ihre Fehlgeburt hatte, drei Monate nachdem Sie abgereist waren, hat sie bei uns gewohnt.«

Knollenberg sprach diesen Satz mit einer gewissen Feierlichkeit aus wie etwas vor langer Zeit Aufgeschriebenes und Auswendiggelerntes.

Die Kellner trabten jetzt eilig hin und her. An der Bar stimmte eine Gruppe von Männern ein Lied an, die Gläser in der Hand. Jemand hatte ein Klavier entdeckt und begleitete die letzte Strophe.

Nicht hinschauen, Chris, auf keinen Fall hinschauen, weiterreden.

Immer wieder dieser Warnruf, immer wieder diese Mahnung, sich zu beherrschen, seine Gefühle zu verbergen.

Diesmal ohne Wirkung; weiterreden, nicht hinschauen war unmöglich.

Er starrte sein Gegenüber an und schwieg, gelähmt, sprachlos, der Satz stand zwischen Knollenberg und ihm in der Luft wie eine Libelle über tiefschwarzem Wasser. Plötzlich war er da, dieser Satz, sorgfältig aufgebaut, eine Folge von Wörtern, durch Kommata gegliedert, man hörte den Punkt am Schluß. Ein Satz aus einem Protokoll, der nicht mehr gestrichen werden konnte. Sprich ihn aus, und du bist für den Rest deines Lebens an ihn gebunden. Übersetzung oder grammatische Analyse unnötig, auch jede Nachfrage überflüssig. Er *sah* die Wörter.

»Wußten Sie das denn nicht, Herr Dudok?« fragte Knollenberg ungläubig, fast ängstlich, zu spät ging ihm auf, was er mit seinen Worten angerichtet haben könnte.

Chris schüttelte den Kopf. Weniger als Antwort, eher um das Gehörte entweder ganz zu erfassen oder aber buchstäblich von sich abzuschütteln. Jetzt war es Knollenberg, der verstummte. Er schaute Chris an, schien zu überlegen, ob er ihm die Hand auf den Arm legen sollte, alles an ihm drückte die Besorgnis eines Freundes aus.

Knollenberg und Dudok, zwanzig Jahre später, Verbündete, eine zerbrechliche Allianz, zusammengehalten durch *einen* Satz, *ein* Geschehnis, *ein* Wort. Fehlgeburt.

»War es eine gewollte Fehlgeburt?« Chris fragte es tonlos.

»O nein, Herr Dudok, auf keinen Fall. Julia hatte uns im Vertrauen gesagt, daß sie schwanger sei und sich sehr auf das Kind freue – nein, das war eine spontane Fehlgeburt, und sie war furchtbar traurig. Sie wollte es Ihnen sagen, sie hatte vor, Ihnen zu schreiben.«

Julia Bender, du hast es nicht getan, hast nicht geschrieben, hast nicht den Mut gefunden. Was hat dich davon abgehalten? Warum hast du es mir nicht gesagt?

Obwohl die Fehlgeburt ein schwerer Schlag für sie war, sei sie Herrin der Lage geblieben, fuhr Knollenberg fort. Sie habe ihn nur gebeten, seine Frau zu rufen, einen vertrauenswürdigen Arzt zu holen und sonst niemandem von der Sache zu erzählen. Im Dritten Reich, erklärte Knollenberg, sei eine Fehlgeburt fast ein Affront gewesen – einer gesunden Frau passierte so etwas nicht – und Abtreibung ein Verbrechen, das schwer bestraft wurde. Er war zu einem Arzt gerannt, den er gut kannte, seine

Frau hatte unterdessen Julia geholfen. Schon am nächsten Morgen reiste sie ab. Als er sie mit ihrem Koffer fortgehen sah, hatte er gehofft, sie würde sich jetzt in Sicherheit bringen. Er hatte sie zu überreden versucht, ja sie beschworen, nach Holland zu gehen, aber sie war in Deutschland geblieben, einen Monat später hatte sie wieder vor der Tür gestanden.

Schweigend saßen sich Dudok und Knollenberg gegenüber, von Erinnerungen bestürmt.

Ein Kind von Julia, ein Anlauf, ein mißlungener Versuch. Wäre er nicht kopflos abgereist, wäre es vielleicht nicht passiert. Wenn er Julia widersprochen hätte, darauf bestanden hätte, daß sie mitkam. Wenn, wenn, wenn.

Er hatte es nicht getan, er hatte sie verlassen – und war dann doch noch bei ihr gewesen, drei Monate lang. Es widersprach all seinen Überzeugungen, es vertrug sich mit keinem Standpunkt, den er je eingenommen hatte, aber er war machtlos dagegen: Einen Augenblick erfüllte ihn eine heftige Freude, weil er Vater gewesen war, Erzeuger. Von fast niemandem, von etwas erst Angelegtem, das gewachsen war, vergebens allerdings, weil es noch vor der Entfaltung wieder verschwunden war.

Aber vor allem packte ihn Mitleid mit Julia. Furchtbar traurig, hatte Knollenberg das nicht gesagt? Furchtbar traurig wegen des Kindes, vielleicht auch seinetwegen, wegen ihres Bruders natürlich, wegen allem, was geschah. Trauer ist saugend, einmal geweckt, bringt sie überall weitere Trauer zutage. Eh man sich's versieht, springt sie einen von allen Seiten an. Immer lauert sie auf eine Gelegenheit, gibt man ihr den kleinen Finger, nimmt sie die ganze Hand, den Arm, den Leib. Er hoffte, daß Knollenberg sie getröstet, ihr in der Verzweiflung beigestanden, sie in den Arm genommen hatte.

»Haben Sie etwas für sie tun können? Wie ist es passiert, waren Sie zu Hause oder Ihre Frau?«

Sie sprudelten aus ihm heraus, die Fragen, die er eigentlich gar nicht stellen wollte.

»Es war Mitte Februar, an einem Samstagnachmittag, ich kam früh vom Büro nach Hause, um halb vier, glaube ich. Es schneite und wurde schon dunkel. Ich weiß das so genau, weil die Lampen im Wohnzimmer schon brannten. Ich bin die Stufen zu unserer Haustür hinaufgegangen und habe aufgeschlossen. Es war totenstill im Haus.«

Was sollte der blöde Umweg, warum antwortete er nicht?

»Meine Frau sah ich nicht, aber im Flur stand Julia vor ihrem Zimmer. Zuerst merkte ich nicht, daß sie weinte. Als ich dann auf sie zuging, weil sie sich nicht rührte, sah ich, daß ihr Tränen übers Gesicht liefen.«

Deshalb der Umweg. Aus Angst vor dem, was er sagen sollte, wich er aufs Wetter aus, auf das Haus.

»Julia stand nur da und weinte, und dann flüsterte sie plötzlich: ›Ich habe es verloren, ich habe das Kind verloren.‹ Und gleich darauf: ›Ich will zu Chris, ich will zu Andreas, ich will nach Hause.‹ Ich habe sie in den Arm genommen, sie hat ihren Kopf auf meine Schulter gelegt, und ich habe ihr sanft auf den Rücken geklopft, aber nach ein paar Sekunden hatte sie sich schon wieder gefangen und konnte klar denken. Sie wußte viel schneller als ich, was zu tun war. Ich habe dann den befreundeten Arzt geholt.«

Die Entdeckung des Klaviers hatte Folgen, die ersten Boogie-Woogies dröhnten durch die Lobby. Chris hatte den letzten Teil von Knollenbergs Bericht hilflos über sich ergehen lassen. Jetzt kam das Gefühl der Verlassenheit. Die Musik konnte er ertragen, das Stimmengewirr konnte er ertragen, die ganze absurde Situation. Aber nicht Julias »Ich will zu Chris, ich will nach Hause«. Das hätte Knollenberg nicht sagen dürfen, das hätte er für sich behalten müssen.

Ich will nach Hause, das Urverlangen. Nach der Zeit ohne Terror, nach dem Leben mit ihrem Vater und ihrer Mutter. Chris kannte das genau. Er war ein Kind und lag auf der Erde, den Kopf auf der Flanke des toten Kalbs, um ihn herum die Weiden, über ihm der grenzenlose Himmel. Er hatte das Tier fallen sehen. Ein paar Schritte vor einer Tränke, wo das Gras dreckig war, der Boden sumpfig, von Klauen umgewühlt, ein unschönes Stück Erde. Die Zeit, der Himmel, das Gras, das tote Tier, auf das er seine Wange legte, ohne Angst, hingegeben an eine saugende Leere, ein sonderbares Vakuum. Und in der Ferne sein Vater.

17

Die Sonne. Wie fernes Wetterleuchten zwischen den Bäumen hinter dem Weiher. Tau, Streifen glitzernden Rasens. Nebelschwaden am Rand des Wassers und darüber die langen Strahlen einer aufgehenden Sonne. Sonntag, nun ja. Ein Tag, der sich nicht zurückrufen ließ.

Chris schaute auf das Wasser und registrierte die langsamen Veränderungen ringsum. Die Sonnenuhr mitten im Garten beherrschte die Aussicht. Von weitem sah sie aus wie eine von zwei Händen geformte Halbkugel, die gespreizten Finger zeigten die Zeit an, in Blau und Gold, Schatten und Licht. Die ungreifbare Zeit im Griff. So schien es, aber so war es nicht.

13. August, Sonnenaufgang 6.28 Uhr, Sonnenuntergang 21.06 Uhr, hatte er in seinem Kalender gelesen.

Nur der Sonnenaufgang interessierte ihn. Der Tag würde schön werden, die Nacht war vorbei, die Schlummerstunden unter seiner Decke gingen zu Ende. Heute kam zum Glück keine Zeitung, auch daran hatte er gedacht, niemand würde sich dem Haus nähern.

Plötzlich hörte er Stimmen. Autotüren schlugen, jemand rief etwas. Nicht weit entfernt, beunruhigend nah sogar. Ein Motor wurde angelassen, Kies knirschte unter Reifen, war das auf seiner Zufahrt? Dudok erstarrte. Wer um alles in der Welt sollte um diese Zeit auf sein Grundstück fahren. Jetzt wurde Gas gegeben, der Wagen war abgebogen, wer … Vorbei, er sah das Scheinwerferlicht über die schmale Straße neben dem Weiher gleiten und verschwinden. Ach, natürlich, vergessen, das waren Lot und ihre Eltern.

Weil ich um sechs Uhr aufstehen muß, Herr Dudok.

Sie würde wohl im Halbschlaf bei ihrem Mark sein, Mark Blinkert. Was für ein Name. Und so ein nettes Mädchen, Lot.

Chris atmete auf, sein Herz hämmerte, er bekam seine Nerven wieder in Griff. In größerer Entfernung hörte er das Auto noch einmal beschleunigen, sie waren auf der Landstraße angekommen, begierig, sich so schnell wie möglich ihrem Urlaubsziel zu nähern. Frankreich, Italien vielleicht?

Rom. Er wußte nicht mehr ganz genau, wann es gewesen war, nach dem Tod seiner Frau war er oft nach Italien gefahren. Erst Rom, dann Neapel, dann Capri, eine feste Route für ein unstetes Herz. Manchmal kam Stoet mit, öfter fuhr er allein. Sie waren auch zu dritt gereist, in den frühen Sechzigern. Als das Verhältnis zwischen Stoet und seiner Frau nach Jahren der Liebe wieder ein freundschaftliches geworden war.

Chris hatte alles hingenommen in jenen Jahren, hatte sich damit abgefunden, daß sie ihr Leben zwischen Stoet und ihm teilte. Er schaute weg, es verwunderte ihn selbst, wie leicht das ging. Stoets Ruhelosigkeit, die Ausdauer seiner Frau und seine eigene … ja, was eigentlich, wie war er selbst, was gehörte als Drittes in diese Reihe? Was würde ein objektiver Zuschauer dort eintragen, was war das Auffällige an ihm, wie konnte man das umschreiben?

Verzicht, Verneinung, Verlust: Dudok, wo bist du, was empfindest du? Verlangen, in diese Reihe gehörte Verlangen, das immer unterdrückte, sorgsam verborgene Verlangen. Hörst du mich, Stoet, hörst du mich?

Er durchstreifte Rom, zusammen mit Stoet, seinem Freund, dem einzigen. Ende Mai, die Hitze noch erträglich, der Abend sanft wie die Berührung einer Hand an seinem Hals. Seine Frau war ein paar Monate zuvor gestorben. Stoet hatte zuletzt mit ihr gesprochen und nichts darüber sagen wollen. Er hatte damals bei ihnen gewohnt, sie wußten alle drei, daß es nicht mehr lange dauern konnte. Es waren Tage vollkommener Ergebung: Man sieht eine hohe Welle auf dem sonst glatten Meer heranrollen, lautlos, immer näher, bis sie schließlich über einem zusammenschlägt.

»Was hat sie zuletzt gesagt, Stoet?«

Wochenlang hatte er auf den geeigneten Moment für diese Frage gewartet. Sie aßen an der Piazza Farnese zu Abend, einem fast quadratischen Platz, beherrscht von einem wuchtigen Palazzo, in dem inzwischen eine Botschaft untergebracht war. Sie saßen draußen, nur wenige Autos fuhren vorbei, der Platz war fast leer, Carabinieri standen lässig vor dem Botschaftseingang. Bis auf das hell erleuchtete Restaurant war es dunkel. Der Bretterboden, auf dem sie saßen, ächzte unter jedem Schritt der Kellner. Vom Campo de'Fiori wehte Musik herüber. Es war der Mai 1974, der erste Frühling nach ihrem Tod. Mit den ersten Anzeichen von Reue und Trauer und Erleichterung.

Stoet zögerte, legte Messer und Gabel neben den Teller, nahm sie wieder in die Hand, legte sie noch einmal hin. Schaute sich nach dem Kellner um, sein Glas durfte nicht leer bleiben. Winkte ihm, machte die Geste des Einschenkens.

»Daß ich gut auf dich aufpassen soll, Chris. Daß ich möglichst in deiner Nähe bleiben soll, sie erwartete das von mir. Sie hat hauptsächlich von dir gesprochen. Wir haben nicht lange geredet, sie war furchtbar müde, ach, das weißt du ja. Sie sagte noch, daß … ich konnte sie kaum verstehen, sie wußte, daß dich dein Leben lang irgend etwas gequält hat, was, wußte sie nicht, sie ist nie dahintergekommen, sie sagte, deine Seele wäre woanders. Ja, so hab ich sie verstanden, deine Seele, ein Wort, das ich noch nie aus ihrem Mund gehört hatte. Sie glaubte, daß es etwas mit dem Krieg zu tun hatte. Sie hätte dich mehr als einmal danach gefragt, aber du wärst ihr ausgewichen.«

Stoet unterbrach sich, rieb sich die Stirn. »Früher hätte sie dir das übelgenommen, aber das wäre lange vorbei. Sie hätte deine Geheimnisse respektiert, sagte sie. Sie selbst hatte auch welche.«

Chris war kurz davor, ihm zu sagen, daß er diese Geheimnisse kenne, daß diese Geschichte sich nicht im geringsten auf ihre Freundschaft ausgewirkt habe, daß er ihr sogar eine gewisse Freiheit verdanke. Aber er tat es nicht. Er wollte Stoet nicht in Verlegenheit bringen.

Zwei Jungen, die eine Dose vor sich hertraten, liefen quer über die Piazza, Echos hallten von allen Seiten. Stoet schwieg. Dudok lauschte den Dosenfußballern, die jetzt mit Geschepper in eine Seitenstraße einbogen. Als er Stoet anschaute, traten ihm die Tränen in die Augen. Die Echos, die ferne Musik, die Worte seiner toten Frau, Stoet, der einen Riesenschluck von seinem Wein nahm, der warme Abend auf dem Platz.

Er wehrte sich nicht dagegen, er ließ die Tränen laufen, niemand sah es. Nur Stoet, der ihn wie versteinert anschaute, als werde er nie mehr vergessen, wie Chris sich hier ohne Scheu seiner Rührung überließ.

War es Rührung? Später konnte Chris sich diesen Ausbruch nicht ganz erklären. Als wäre eine alte Quelle freigelegt worden oder ein tiefer Brunnen, in dem man kein Wasser mehr vermutete, aber siehe da, er hatte geweint wie seit seiner Jugend nicht mehr. Mit einer gewissen Zurückhaltung, das schon, unhörbar, unsichtbar fast. Wären die Nachbartische besetzt gewesen, hätten ein oder zwei Leute vielleicht etwas bemerkt und wahrscheinlich gedacht, daß dort jemand Tränen lacht. An einem wunderschönen Abend Tränen des Glücks. Und vielleicht stimmte das sogar, vielleicht war wie ein Dieb in der Nacht das Glück gekommen.

Seine Frau hatte es geahnt oder erraten, auf jeden Fall akzeptiert. Nach seiner Rückkehr aus Lübeck hatte sie seine Erschütterung richtig gedeutet, und viel später, nach der Messe in Frankfurt, noch einmal. Nicht, daß er etwas gesagt hätte, kein Wort. Aber sein Ausweichen war beredt genug gewesen, sein abwesender Blick, seine Versunkenheit in etwas für sie nicht Sichtbares. Deshalb hatte sie darüber nachgegrübelt, wer seine Geliebte sein könnte und wo. Bis auch diese Frage sich verflüchtigte oder unterging in ihren gemeinsamen Jahren, in der krankmachenden Routine ihrer Ehe. Ihres unfruchtbaren Zusammenseins.

Mit einem gewissenhaften Rechner war sie verheiratet, einem Rechenkünstler, der ihr alle Lust nahm. Sie hatte mit ihm weitergelebt – mit dem, was von ihm übriggeblieben war. Gerade genug, um ihre Sorge bis zuletzt andauern zu lassen. Am Ende hatte sie ihn der Obhut seines Freundes anvertraut, ihres Freundes, der für einige Zeit ihr Geliebter gewesen war. So vieles ertragen, so vieles verloren, so vieles verschwiegen. Von dem Tag auf den Reeuwijkse Plassen bis zum Tod, lieber Himmel, war dazwischen noch irgend etwas geschehen, hatte es irgendwann auch noch so etwas wie Liebe zwischen ihnen gegeben?

Die Dosenfußballer tauchten plötzlich wieder auf, rannten an ihnen vorbei, riefen sich etwas zu, winkten irgend jemandem auf der anderen Seite des Platzes. Chris und Stoet drehten die Köpfe gleichzeitig den Jungen zu und voneinander weg. Chris trocknete sich mit der Serviette rasch das Gesicht.

Wieder in Rom, wieder auf der Straße, wieder am Tisch.

18

Er griff nach seiner Uhr, die er auf den Gartentisch neben dem Stuhl gelegt hatte. Das Plaid war auf den Boden gerutscht. Dudok zog es wieder über seine Beine. Diesmal nicht, weil es kalt war, sondern nur der Ordnung halber.

Die alte Taschenuhr zeigte sieben. Von jetzt an würde er alle halbe Stunde den Deckel aufklappen, nach der Uhrzeit sehen, den Deckel wieder zuklappen und dabei auf das feine Klicken achten, mit dem er sich schloß.

Die Uhr seines Großvaters, nicht dazu bestimmt, als Stoppuhr an der Ziellinie zu dienen.

Warum noch auf die Zeit achten, wenn von ihr nichts mehr zu erwarten war? Diese blöden Striche und Zeiger auf einer weißmarmorierten Scheibe und das Ganze in einem Döschen an einer Kette. Zu nichts nütze, sinnloses Spielzeug.

Spätestens um zehn Uhr mußte er das Mittel einnehmen, hatte er überlegt.

Der Deckel würde sich noch sechsmal öffnen. Und sechsmal mit diesem zarten Klicken schließen. Nie zuvor hatte er das so bewußt wahrgenommen, ein sehr kleiner Fühler in seiner Brust schien das Geräusch aufzufangen. Eine ähnliche Empfindung hatte er, wenn eine Verkäuferin konzentriert ein Geschenk einpackte, das Papier knistern ließ, mit dem lackierten Fingernagel einen Kniff machte, das Päckchen mit einem Band versah. Ein winziger Moment der Hypnose.

Sieben Uhr, noch still, noch kein Verkehr, keine Nachbarn zu hören, keine Kirchenglocken. Noch genug Zeit, um in der Küche alles vorzubereiten. Sollte er ins Arbeitszimmer hinaufgehen, wie er es gewohnt war? Der unvermeidliche Gang zu seinen Büchern, Zeitungen und Firmenberichten. Er tat es nicht. Er blieb auf seinem Stuhl, war in Gedanken in Rom, aber ganz wach jetzt, auf alles vorbereitet.

Die Abwicklung. All die Bilder dieser Nacht auf der Terrasse, ertastet im unermeßlichen Raum seines Gedächtnisses – damit war es jetzt vorbei. Der Morgen war gekommen, die Stunden des Träumens lagen hinter ihm, sein Bewußtsein hatte wieder die Oberhand gewonnen.

Rom.

Er sah auf die Uhr, halb acht. Halb acht? Also war er doch wieder eingenickt, gerade als er geglaubt hatte, sich unter Kontrolle zu haben.

Klick. Ruhig lag er, reglos, seine polierten Schuhe ragten unter der Decke hervor.

Sie gingen durch die Via del Corso, bogen an der Piazza Venezia nach rechts in die Via del Plebiscito ein, und da stand er: der Palazzo Doria Pamphilj, Geheimtip für den anspruchsvollen Reisenden. Aus dem fünfzehnten Jahrhundert, Jüngeres zählte kaum in dieser Stadt. Chris hatte Stoet vorgeschlagen, dort hinzugehen, angeblich lohnte es sich. Der Palast war tatsächlich schön, man fühlte sich wohl darin, alles hatte ein menschliches Maß, in solche Zimmer wäre man gerne eingezogen. Kaum

Besucher, die meisten Touristen hatten diesen Stadtpalast nicht auf dem Programm. Schließlich kamen sie in die Galleria, hohe, breite Gänge voller Gemälde in vier, fünf Reihen übereinander. Reichlich verstaubt, aufs Geratewohl aufgehängt, ein System war in dieser irrwitzigen Ansammlung von Kunstschätzen nicht zu erkennen. Und dennoch ließ man sich dazu verführen, immer weiter zu gehen, jeden dieser Gänge zu erkunden.

Dann sah er sie.

Nicht beleuchtet, kein noch so kleiner Scheinwerfer war auf ihr Bild gerichtet, eines der persönlichsten, die er je gesehen hatte. Mitten im Gewimmel der Bilder, in der dritten Reihe, das kleinformatige Porträt einer Frau. Sie war es, hier war sie versteckt, der Maler mußte sie gut gekannt, mußte sie geliebt haben.

Julia. Oder Agatha, Agatha van Schoonhoven, die Geliebte des Jan van Scorel. Man konnte dem Bild die Verliebtheit des Malers ansehen oder mehr als das, Liebe, die erwidert wurde. Nie hatte Chris ein Gemälde von Jan van Scorel im Original gesehen, nur Reproduktionen in Büchern. Es war ein Porträt aus dem Jahr 1529. Gestern gemalt, heute aufgehängt, Julia zum Verwechseln ähnlich. Die elfenbeinfarbene Haube, die Scorel ihr aufgesetzt hatte, das dunkle Jäckchen und das weiße Hemd darunter verdeckten viel, aber nicht ihre Leidenschaft, nicht seine.

Chris war wie erstarrt. Trotz des Drangs, davonzulaufen, als käme ein Unwetter auf oder als riefe ihn irgendwo eine Glocke, blieb er stehen. Stoet, der schon weitergegangen war, wurde ungeduldig.

Die gleichen Augen wie damals im Hauseingang. Diese Augen, ihre dunkle Mütze und das dunkelblonde Haar, das darunter hervorschaute, verwirrt und fast schwarz vor Nässe. Fünf Uhr. Die ganze Nacht gesucht, und auf einmal war sie da. Seine Hand an ihrer Wange, sie schob sie nicht weg, sondern bedeckte sie mit ihrer eigenen. Liebe drückt sich vielleicht am klarsten in der Gebärde aus. Ihre Hand auf seiner Hand. Das Gedächtnis weiß am meisten von wortlosen Gesten, bewahrt am längsten die Berührung, die leise entsteht. Ihre Hand auf seiner Hüfte, ihr Mund auf seinen Lippen. Die Rufe auf der Straße verstummten. In diesen Stunden also war ihr Kind …

Knollenberg hatte es gewußt, Chris nicht. Knollenberg hatte sie getröstet, er nicht. Knollenberg, den er des Schweigens und Wegschauens bezichtigt hatte, des Mitlaufens um des Überlebens willen. Dieser Knollenberg hatte ihr geholfen, sie versteckt und verpflegt. Der barmherzige Knollenberg. Während er selbst sich hatte wegschicken lassen, während er geflohen war, als müsse er seine Haut retten.

Die Augen, die ihn damals im Eingang angeschaut hatten, vor dem neoklassizistischen Haus an der Musterbahn mit den zwei Säulchen neben der Tür – dort oben waren sie, unter einer elfenbeinfarbenen Haube, festgehalten von einem Maler aus dem sechzehnten Jahrhundert, der ein Zeitgenosse war, denn was hatten vier Jahrhunderte schon zu bedeuten, offensichtlich nichts.

Stoet stand neben ihm und tippte ihm auf die Schulter. »Teezeit, Chris.«

Dann blätterte er in seinem Museumsführer, zeigte nach oben und las vor: »Jan van Scorel, Agatha van Schoonhoven, Utrecht 1529.«

Nein, Julia Bender, Lübeck 1938.

Tee, sollte er Tee aufsetzen? Acht Uhr war nicht zu früh dafür. Er mußte sich beeilen. Wenn er jetzt nicht aufstand, kam er noch in Zeitnot. Wie schnell es ging, sonderbar schnell. Klick machte der Deckel, öffnete und schloß sich in einem Tempo, auf das er keinen Einfluß hatte. Wer jetzt liegenbleibt, wird zu spät kommen, wer jetzt allein ist, wird es lange bleiben.

Warum blieb er nicht, was hinderte ihn daran?

Er würde einschlafen, mittags aufwachen, van Dijk anrufen und um einen kleinen Gefallen bitten, abends in der Stadt essen. Stoet zu einer kurzen Reise einladen. Nein, es ging nicht, es lohnte sich nicht mehr, der Würfel war gefallen. Seltsame Redensart, wer warf ihn denn, den Würfel, aber wer auch immer es tat, wenn er gefallen war, gab es kein Zurück.

Chris Dudok erhob sich steif von seinem Liegestuhl. Beide Achillessehnen schmerzten, die Knie waren gefühllos, das Blut suchte sich erst langsam einen Weg nach unten. Er stand auf Beinen, die ihn nicht mehr tragen wollten, seine Schuhe drückten, er konnte den Kopf nicht richtig drehen. Er streckte die Hand nach dem Türpfosten aus und stützte sich ab.

Neun Uhr. Im Flur hinter der Wohnzimmertür schlug leise die andere Uhr. Sie hatte er bisher nicht gehört. Dudok blickte sich um, grüßte mit den Augen alles, was er sah, und erinnerte sich an den Vers des Dichters: Mark grüßt morgens die Dinge. Mark, der Freund von Lot, Mark Blinkert, warum dachte er an Leute, die er gar nicht kannte, nie gesehen hatte.

Die Küche, er mußte in die Küche. Schon der Weg durchs Wohnzimmer war auf einmal sehr weit. Er schaffte es bis zu dem Tisch mit den gedrechselten Beinen, vor dem großen Fenster. Mitten auf dem Tisch stand die Zinnschale, auf der Fensterbank sah er eine Zeitung liegen, die er mitnehmen wollte, Apfelsinen, ein ledernes Etui, eine Zigarettendose, eine Sonnenbrille, alles scharf umrissen.

Nicht stehenbleiben, nicht bei jedem Stuhl oder Tisch anhalten, nicht die Bilder anschauen, ausgerechnet jetzt, oder kontrollieren, ob der Kamin ausgeräumt ist. Selbstverständlich war der Kamin in Ordnung, es war August, niemand heizte, erst im Oktober würde van Dijk das Feuerholz beschaffen. Er mußte aus diesem Zimmer heraus.

Es war kein richtiges Gehen, er schleppte sich weiter, er schlurfte, kam ein paar Schritte voran, blieb stehen, stemmte die Hände ins schmerzende Kreuz. Neben dem Sofa das Tischchen mit den Whiskygläsern aus Kristall, der Flasche *Jack Daniels*, einem Silberschälchen fürs Eis. Seine Schritte auf dem Parkett ließen die Gläser klirren. Eine verschwommene Erinnerung beim Anblick der Flasche. Nicht denken, Chris, weitergehen.

Das Foto auf dem kleinen Schreibtisch, an dem er sich kurz festhielt. Er brauchte das Gesicht im dunklen Lederrahmen nicht anzuschauen. Einen Moment auf dem Sessel neben dem Schreibtisch sitzen, fünf Minuten, nicht länger.

Seine Schwester. Seine Antipodin, die Frau im Rahmen, er wollte sie ansehen und wollte es auch wieder nicht. Seine Schwester, die an das Leben glaubte, eine erfahrene und elegante Kämpferin gegen seine Art zu existieren. Sie glaubte ans Kinderkriegen, glaubte an die Menschen, glaubte an einen Gott, eine letzte Instanz, ein fernes Königreich, wo wir von Angesicht zu Angesicht sehen werden, was wir jetzt nur undeutlich mit Hilfe eines Spiegels erkennen können. Unbeirrbar glaubte sie an das Gute und Schöne. Eine Heilsarmistin ohne Uniform.

Er legte ihr Foto aufs Gesicht. Stemmte sich in die Höhe und ging weiter, ins Nebenzimmer, wo der Flügel stand. Seine Frau hatte vor langer Zeit Klavier gespielt, gut gespielt sogar, aber sie hatte es aufgegeben, ihre Musik hatte den Krieg nicht überlebt. Der verwaiste Flügel, an dem nie jemand saß.

Die Klappe war geöffnet, er griff in die vergilbten Tasten, links außen, wo die dunkelsten Töne wohnen. Es klang wie eine unterirdische Trommel, wie eine Warnung. Vom Nebenzimmer ging er weiter in die Küche.

Langsam, immer langsamer, während sich alles außer ihm doch beschleunigte. Besonders die Zeit.

19

Oben im Arbeitszimmer an seinem schmalen, fast damenhaften Schreibtisch; wenn er sich irgendwo sicher fühlte, dann hier. Der Morgen war im Eiltempo vergangen, es wurde jetzt schnell warm, kein Lüftchen regte sich. Das Schälchen hatte er auf die rechte hintere Ecke der Schreibtischplatte gestellt, er schaute es nicht an, es stand dort harmlos wie ein spätes Frühstück.

Er war am Ziel. Eile war nicht mehr nötig, alles war vorbereitet, nichts hatte er übersehen. Das Kochen des Haferbreis war noch das Schwierigste gewesen, ohne van Dijk. Er öffnete die Schreibtischschublade und suchte unter Papieren einen großen braunen Umschlag heraus, der geöffnet und wieder zugeklebt worden war. Poststempel von Frankfurt am Main, deutsche Briefmarken, in kräftiger Handschrift sein Name, Dr. Chr. Dudok, und die Firmenadresse. Abgeschickt am 30. Mai 1958, Absender J. Knollenberg.

J.? Wie hatte er wohl geheißen, Johannes, Jürgen, Justus? Das, was der Umschlag enthielt, hatte Chris nur einmal gelesen, ein einziges Mal. Er zögerte, nahm dann den Brieföffner und schlitzte den Umschlag am Rand vorsichtig wieder auf.

Die Zeitung und der Brief, von einer Büroklammer zusammengehalten. Graues, vergilbtes Papier, das bald zerfallen würde. Eine deutsche Zeitung, Frakturschrift, die einem das Lesen schwermachte, aggressive, spitze Buchstaben wie aus kleinen Messerchen zusammengesetzt. *Lübecker General-Anzeiger, 2. April 1942.* Knollenberg hatte ihm die Zeitung geschickt, weil darin der Ablauf des Angriffs beschrieben und die Todesopfer namentlich genannt wurden. Jedenfalls die an den Vortagen geborgenen, jedenfalls die schon identifizierten. Den Brief schob er in den Umschlag zurück.

»Sie kamen am späten Abend des 28. März ungefähr um halb zwölf. Eine Bomberwelle nach der anderen, ununterbrochen bis halb vier Uhr morgens, über Travemünde, dann zurück zur Ostsee und nach Hause, ins verfluchte England ...«

Der Auftakt zu unaufhaltsamer Zerstörung. Chris las, folgte dem Bericht, der auf jeden Stadtteil Lübecks im einzelnen einging. Er sah vor seinem geistigen Auge die angreifenden Bomber über der Breiten Straße, der Mengstraße, der Johannisstraße, über dem ganzen alten Kaufmannsviertel bis zum Hafen. Feuerbänder, Flammensäulen, brennende Kirchtürme, Marienkirche, Dom, Petrikirche. Der Dom hinter der Musterbahn. Zu dem Bericht gehörte ein Foto, auf dem er sein Wohnhaus erkennen konnte, es war beschädigt, stand aber noch. Die Musterbahn wurde als die Straße genannt, in der die ersten Bomben gefallen waren, hier waren die ersten Brände entstanden, die sich durch Funkenflug rasch ausgebreitet hatten. In seiner Musterbahn, ihrer Musterbahn. Auf dem Foto waren sogar die Bogenfenster des Souterrains zu sehen.

Viertel für Viertel, Straße für Straße, Haus für Haus,

die Lancasters, Stirlings und Wellingtons hatten ihren Auftrag mustergültig ausgeführt. Palmsonntag 1942. Der König ritt auf einem Esel in die Stadt, und siehe, alles brannte lichterloh.

War sie in ihrer eigenen Wohnung gewesen?

Er las nicht weiter, er kannte die Geschichte. Knollenberg hatte in seinem Brief noch geschrieben, daß er den Angriff von seinem Haus außerhalb der Altstadt miterlebt und sich am nächsten Tag auf die Suche nach Vermißten gemacht habe. Ohne zu ahnen, daß man Julia finden würde, Tage später. Er habe die Zeitung mit ihrem Namen auf der Totenliste all die Jahre aufbewahrt, aber nun hoffe er, daß sie ihm, Dudok, vielleicht helfe, »es zu glauben«.

Zu helfen war ihm nicht, und er glaubte es ohnehin. Geistesabwesend zog er einen Strich neben der fett gedruckten Liste der Toten. Zwischen Hans Aldorf und Albert Benning stand ihr Name: Julia Bender (31). Er starrte die Buchstaben an, tastete mechanisch nach der Uhr in seiner Westentasche. Zog sie heraus, klappte den Deckel auf, sah, daß die Zeiger auf zehn Uhr standen. Schloß den Deckel.

Er legte beide Hände auf die Schreibtischplatte, als säße er an einer gedeckten Tafel, und im Grunde war es ja auch so. Seine rechte Hand berührte einen Kugelschreiber. Er griff danach, schrieb rasch ein paar Zeilen auf ein loses Blatt.

Sehr früh am Morgen, halb fünf, fünf Uhr, der Krieg war noch nicht lange zu Ende. Die Fähre quittierte auch die kleinste Gewichtsverlagerung mit einem Schaukeln.

Unter ihm, um ihn herum der dampfende Ringgraben. Ein Zuschauer am Kai hätte sich vorstellen können, daß dort Charon fuhr, der die Toten übersetzt. Chris arbeitete sich zum gegenüberliegenden Ufer vor, zur Fabrik. Es kostete Kraft, das Fahrzeug mit dem Klemmholz am Stahlseil vorwärts zu wuchten.

Er griff nach dem Schälchen mit Haferbrei, stellte es vor sich hin und nahm den Löffel.

Die riesigen Tore der Halle, die wieder aufgestellte *Heyligenstaedt*, der gewaltige Raum, die Ketten, die Tauben hoch oben unterm Dach.

Der Tag, die Stunde, heute würde er es vollenden, diesmal machte er Ernst. Er aß, eine Hand neben der Schale mit dem Brei, in der anderen den Löffel, die Ellbogen frei.

Der laute Flügelschlag der Tauben, die durch das Kippfenster flüchteten.

Nachdem Dudok seinen Haferbrei gegessen hatte, wartete er, eine Viertelstunde, eine halbe Stunde, stand dann vom Schreibtisch auf. Überlegte, daß er doch lieber in seinem Bett im Schlafzimmer liegen wollte, setzte sich in Bewegung. Da knickte das eine seiner Knie ein, gleich darauf das zweite. Er drehte sich um seine Achse und fiel.

20

Sie nannten ihre Namen und erklärten van Dijk, es gehe um reine Routineermittlungen, die nicht lange dauern würden. Wahrscheinlich hätten sie ein paar Fragen. Sie folgten ihm die Treppe hinauf. Van Dijks Wut war nun ganz verflogen. Er führte die Herren von der Polizei zum Studierzimmer, wo der Tote so theatralisch und bestimmt den Eingang blockierte.

Still blickten die beiden Kriminalpolizisten vom Flur aus auf den blassen Mann in dem guten Anzug, der vor ihnen lag. Es erinnerte an eine Gedenkminute, wie sie da mit gesenkten Köpfen nebeneinanderstanden, bevor sie über Dudok hinweg ins Zimmer schauten. Ehrenerweis für einen Unbekannten. Routine? Danach sah es nicht aus.

Der Ernst und das taktvolle Verhalten der Beamten überraschten van Dijk. Vorsichtig stiegen sie über Dudoks Bein, einer hockte sich neben ihn, der andere inspizierte den Schreibtisch. Dann stellten sie ihre Fragen. Wo er in der vergangenen Nacht gewesen sei, ob er etwas von Herrn Dudoks Vorhaben gewußt oder etwas vermutet habe, ob er entsprechende Anweisungen erhalten habe. Vielleicht habe er bestimmte Medikamente besorgen müssen? Hatte sein Chef gestern noch Besuch gehabt?

Van Dijk beantwortete alle Fragen und zeigte dann auf Dudok.

»Selbstmord, das sehen Sie doch, tödliche Tabletten. Der Arzt sagt, sie wären fachkundig ausgewählt und gesammelt worden. Aus Belgien kämen sie, hat er gesagt. Das sieht er an dem Etikett auf der Schachtel. Irgend jemand muß sie ihm zugeschickt haben, ich weiß jedenfalls nichts davon. Und da liegt ein Blatt mit ein paar Sätzen auf deutsch, schräg auf dem Papier, in der Handschrift von Herrn Dudok. Hier.«

Van Dijk zeigte auf den Schreibtisch, auf das lose Blatt. Der ältere Polizist las die Zeilen, wurde nicht schlau daraus, fragte seinen Kollegen um Rat. Langsam entzifferten sie den deutschen Text, und schließlich deklamierte der Jüngere feierlich, wobei seine Miene verriet, daß er nicht verstand, was er las: »Wer jetzt kein Haus hat, baut sich keines mehr. Wer jetzt allein ist, wird es lange bleiben.« Sehr sonderbar klangen die Worte, sie konnten nichts damit anfangen, es sei eigentlich kein Abschiedsbrief, meinten sie.

»Wird wohl aus dem Bücherschrank stammen«, sagte der eine und zeigte mit dem Kopf auf die unzähligen Bände an der Wand.

Van Dijk schwieg. Diese Sätze, monoton und mit schlechter Aussprache abgelesen, hatten ihn aus unerklärlichen Gründen gerührt. Die waren Herrn Dudok nicht zufällig eingefallen, diese Zeilen mußten für ihn in seinen letzten Augenblicken noch eine Bedeutung gehabt haben.

Ein Abschiedsgruß, nein, nicht wirklich. Eine Botschaft? Auch nicht.

Wer jetzt allein ist.

Van Dijk stellte sich ans Fenster des Studierzimmers, einen Arm auf dem Rücken, eine Hand im Nacken. Das Rascheln und leise Sprechen hinter ihm wirkte fast wohltuend. Schön sah der Garten aus. Morgen würde er sich endlich einmal um den Korbstuhl kümmern, der etwas zu wackeln schien, so etwas störte Herrn Dudok. Der Wagen von der Reinigung würde kommen, die Putzfrau, er mußte den Wolseley wegbringen.

Träumen. Träumen, daß es einfach weiterging, daß die Arbeitswoche anfing, am Mittwoch zur Fabrik, früh losfahren, um in keinen Stau zu geraten, abends zum Essen bei dem und dem.

Durchs Tor kam im Schrittempo ein langer, weißer Wagen gefahren. Ein Krankenwagen, das erschreckte ihn. Als ob man noch helfen könnte. So sind die Regeln, hatte der Doktor gesagt. Zuerst die Kriminalpolizei, dann der Krankenwagen.

Er drehte sich um. Die Polizeibeamten packten ihre Sachen zusammen, sie wußten genug. Die Zeitung ließen sie auf dem Schreibtisch, das Blatt mit Dudoks Testament lag halb darauf. Dann gingen die beiden hinunter, van Dijk begleitete sie zur Tür und begrüßte dort die Sanitäter. Er sagte ihnen, wo sie Herrn Dudok finden würden, wollte aber nicht mehr mit hinaufgehen, sondern blieb unten in der Küche. Er schloß den Geschirrschrank, spülte den Topf, legte die Löffel von der Anrichte in die Schublade zurück; dann hörte er, wie die Trage mühsam die Treppe hinuntermanövriert wurde.

Einer der Männer gab leise Anweisungen: »Gerade halten, gerade halten, jetzt runterlassen.«

Sie luden ihn ein, geräuschlos wurde die Trage in den Wagen geschoben, beim Wegfahren hob der Mann am Steuer zum Abschied die Hand.

Van Dijk, auf der Zufahrt, schaute ihnen nach. Dann hörte er sie über die schmale Straße am Weiher fahren. Ganz ohne Eile.